Tähtikompassi -
Etä-äidin tarina

Luku 1. Minä osana menneisyyttäni

Oli ihan tavallinen aamu paitsi, että minulla oli ollut epäilyksiä eräästä asiasta. Mieheni nukkui vielä vuoteessamme, kun minä itse istuin mietteissäni kylpyhuoneessa. Olo oli sekavankirjava. Tunteet menivät laidasta laitaan. Jotenkin reagoin niin, että hetken mietitittyäni juoksin kylpyhuoneesta suoraan makuuhuoneeseemme ja hyppäsin sänkyyn istualtaan suoraan mieheni mahanpäälle. Hän melkein säikähti, kun olin herättänyt hänet sillä tavoin. Samassa hän kysyi minulta mikä minulla oli hätänä, kun olin niin innoissani. Kaikkien niiden tunteiden keskellä oli vaikea saada sanoista kiinni, mutta lopulta onnistuin kuitenkin sanomaan asiani:

"Mä oon raskaana!"

Mieheni oli onnellinen, sillä olimme toivoneet lasta. Siinä sitten alkoi läheisiltä salailu, soitto neuvolaan ja vauvan tavaroiden hankkiminen. Tietysti minun oli kerrottava myös terapeutilleni asiasta, joka ei ottanut asiaa niin hyvin kuin olisi voinut. Hän alkoi puhumaan minulle heti menneisyydestäni. Siitä miten rankka tausta minulla oli. Minulla oli todettu epävakaa persoonallisuus ja kaksisuuntainen mielialahäiriö, joskus minulla oli ollut myös syömishäiriö-oireilua. Jonkin sortin alkoholin liikakäyttöäkin oli esiintynyt, mutta juomisen sain heti itse lopetettua, kun tulin raskaaksi.

Käynnillä terapeuttini totesi, että nyt pyydetään keskusteluun mukaan psykiatrian poliklinikan sosiaalityöntekijä. En voinut kieltäytyä. Hän meni vaalean ruskeasta ovesta käytävälle ja kuulin koputuksen. Mua pelotti koko sen ajan. Pelkäsin, mitä sosiaalityöntekijä sanoisi minulle. Olinhan hetkittäin vasta saanut tietää olevani raskaana ja siitä syystä herkässä tilassa niin en olisi halunnut kuulla niitä sanoja. Pidin mieheni kädestä kiinni ja puristin. Hän rauhoitteli, ettei ollut mitään hätää. Silti minä tiesin, ettei tässä voinut hyvin käydä. Minulla ei ollut ennestään kokemusta sosiaalipuolen ihmisistä, tämä oli siis ensimmäinen kerta. Tähän asti olin elänyt vaan kuulopuheiden varassa, eivätkä ne olleet kuulostaneet kovinkaan mukavilta. Minusta tuntui, että olin jo valmiiksi rikki ennen, kuin kuulin edes sosiaalityöntekijän mielipidettä. Samassa hoikka äidinkieleltään luultavasti ruotsinkielinen nainen tuli ovesta sisään terapeuttini perässä. Hän esitteli itsensä ja ensin onnitteli mua raskaudesta, jonka jälkeen hän alkoi puhumaan. Hän kertoi mitä hänen täytyi viranomaisena tehdä, mutta yhteistyössä kanssani. Hän mainitsi ne ikävimmät sanat siinä tilanteessa eli ennakollinen lastensuojeluilmoitus. Minä aloin itkemään ja kysyin miksi ja mitä se tarkoitti. Hän selitti minulle vain, että se takaisi sen, että saisin tukea helpommin vauvan syntymän jälkeen. Tulistuin ja sanoin, että osaan kyllä itsekin hakea apua jos sitä tarvisen. Sanoin, etten suostu ennakolliseen ilmoitukseen. Terapeuttinikin yritti puhua minut ympäri, mutta ei minä pysyin päätöksessäni. Sosiaalityöntekijä lähti huoneesta ja mekin päätimme terapian aika pian sen jälkeen.

Kotona olin helpottunut, kun minua oli kuunneltu tai niin ainakin luulin. Raskaus teki minulle sen, että mielialat vaihtelivat vielä pahemmin kuin normaalisti. Itkeskelin helpommin ja toisaalta suutuinkin. Onneksi mieheni oli tukena, vaikka hänellä oli omatkin mielenterveyden ongelmansa. Ei kuitenkaan kulunut kauaakaan, kun minulle selvisi, että ennakollinen lastensuojeluilmoitus oli kuitenkin tehty ilman minun lupaani. Siitähän minä suutuin ja soitin sille samaiselle sosiaalityöntekijälle joka oli ilmoituksen tehnyt ja kysyin miksi hän teki näin, vaikka oli sanonut minulle, että yhdessä tämä päätetään. Hän sanoi, että hänen täytyi tehdä se, koska laki velvoitti häntä siihen, jos hänellä herää huoli äidin jaksamisesta ja syntyvästä lapsesta. Olin vihainen. Mähän sanoin, että osaan kyllä itse pyytää apua ja tiedän kyllä mistä sitä sitten pyydän. Mutta ei, ei mua kuunneltu. Jouduin osastolle hetkeksi sen jälkeen, koska hajosin.

Kaikki vetosivat vaan siihen mun menneisyyteen. Joka kyllä oli vaikea täynnä pahaa oloa.

Menneisyyteni käytännössä koostui pitkälti itsetuhoisuudesta mikä taas johtui pitkittynestä vaikeasta masennuksesta. Minun ongelmani alkoivat

5

ensimmäisen kerran pikkuveljeni kuoltua vuonna 2003 minun olessa 9-vuotias. Veljeni kuoli päivän ikäisenä verenmyrkytykseen ja muihin sairauksiin taustalla. Minä hajosin siitä niin pahasti, sillä olin syyttänyt siitä itseäni. Olin sanonut äitini odottaessa veljeäni, etten halua enää yhtään siskoa tai veljeä ja sitten, kun kävi näin niin syytin itseäni sanomisistani ja luulin niiden vaikuttavan kuolemaan. Kävin kyllä jutelemassa lasten psykiatrian poliklinikalla sen jälkeen, mutta se lopetettiin luultavasti liian aikaisin. Olin alkanut esittämään, että kaikki on hyvin. Näytin vaan pärjäävää, koska mun piti. Ei saanut itkeä eikä näyttää surun tunteita. Muistan kerrankin, kun kaaduin ja tulin itkien kotiin, niin äitini sanoi siihen, ettei saa itkeä, kun on pahempaakin tapahtunut. Hän tarkoiti veljeni kuolemaa, vaikka siitä oli silloin jo kulunut aikaa. Muistan edelleen kodin joka oli täynnä veljeni hautajaiskortteja ja valokuvia, jopa veljeni sairaalaranneke. Pöydällä oli myös oranssi gerbera-kukka, joka oli saatu sairaalasta. Veljestäni oli otettu sen vieressä kuvia. Sain luultavasti epävakaan persoonallisuuden juuri noista tapahtumista ja siitä, kun minua ei huomioitu sen kaiken surun keskellä.

Pitkään pystyin kannattelemaan itseäni. Kestin kaiken mitä eteen tuli itkien pimeässä peiton alla. En puhunut enää siitä, että mun oli paha olla, koska eihän siitä saanut puhua. Koko ala-aste meni jotenkin pärjätessä, kunnes tuli siirtyminen ylä-astelle ja siellä ne ongelmat alkoivat kunnolla ensimmäisen kerran. Koulukaverilta sain kuulla ensi kertaa viiltelystä ja minähän päätin myös kokeilla, kun kuulin, että se auttaa pahaan oloon. Muistan, kun viiltelin ensi kertaa. En voinut tehdä sitä kotona, etten olisi jäänyt kiinni vanhemmilleni. Siispä mä meni metsään salaiseen paikkaan suuren kiven juurelle puiden oksikon suojaan. Siellä mä kavoin salaa kaupasta ostetut sakset taskustani ja painoin terän ihoani vasten. Se sattui, mutta kipu tuntui hyvältä. En tehyt montaa pintanaarmua, kunnes lopetin. Mutta en silloin vielä tiennyt, että ensimmäisestä kerrasta voisi jäädä koukkuun, mutta minä jäin. Siitä tuli kierre, mikä kesti kymmenisen vuotta. Silloin tiesin aina mihin pystyisin paeta pahaa oloani. Lopulta se oli enää riippuvuus, eikä enää auttanut pahaan oloon vaan loppujen lopuksi vaan pahensi oloa. Jäinhän minä äitille ja isälleni kiinni viiltelystä ja he hankkivat minulle terapian mikä oli kovan työn takana. Kaikki olivat sitä mieltä, etten mä tarvitse apua, eikä sitä meinattu sen takia tarjota. Mutta vanhempani eivät luovuttaneet. Olin 14-vuotias, kun aloitin terapian ja käyn terapiassa edelleen. Olen siis käynyt 11 vuotta eri terapioissa.

Ensimmäisen kerran psykiatriseen osastohoitoon jouduin ollessani 17-vuotias. Olin silloin lukiossa. Koulu oli alkanut kärsimään paljon, en enää jaksanut mennä sinne vaan lintsasin, mutta lähdin kuitenkin kotoani, etteivät vahemmat aavistaisi mitään. Olin alkanut viiltelemään jo koulussakin. En ole tähän menessä ymmärtänyt vielä sitä suurinta syytä miksi vointi romahti, mutta nyt sen tiedän. Hyväksikäyttö. Se tapahtumasarja, siis useampi kerta sai minut voimaan tosi pahoin. En uskaltanut tuoda sitä ilmi edes terapiassa puhumattamaan minun vanhemmistani.

Hyväksikäyttö tapahtui tosiaan silloin, kun olin vielä 17-vuotias ja jatkui siitä noin vuoden. Mies oli minua vanhempi ainakin 4 vuotta. Olen halunnut unohtaa kaiken tapahtuneen, mutta ei se kai koskaan ole kokonaan mahdollista. Ensin kaverini pyysi minua tuon miehen luokse mukaan seurakseen, jonka jälkeen tuo mies alkoi pyytelemään minua yksistäni hänen luokseen. Minä suostuin, sillä en ikinä halunnut ajatella ihmisistä mitään pahaa. Alussa mies olikin minulle mukava, kuunteli ongelmiani ja kertoi opiskelevansa lähihoitajaksi. Hän esitteli minule kotiaan, jopa puukkokokelmaansakin. Katsoimme aina ydessä leffoja. Koko ajan "suhde" syveni. Seuraavaksi tasolle, että hieroimme toistemme selkää. Ei se jäänyt siihen. Hän lopulta yritti pussata ja pyysi jäämään yöksi. Minä pelkäsin, että jos nyt lähden niin hän kertoo minun kaikki henkilökohtaiset vaikeat asiat koko maailmalle. En uskaltanut lähteä mihinkään. Yritin kieltäytyä ja sain lopulta sanottua, ei. Mutta hän ei kuunnellut vaan totesi siihen sävyyn, ettei olisi enää paljon matkaa... Hän puhui minulle rivoja ja ne puheet ahdistavat minua edelleen. Aamulla menimme grillaamaan takapihalle. Mä istuin vaisuna kivellä, mutta yritin hymyillä. Hän pyysin jo nyt, että jos tulisin vielä uudestaa ja mä lupasin tulla. Tämä tapahtuma kävi uudelleen ja uudelleen, koska mä pelkäsin. Pelkäsin ihan liikaa. Itkin aina, kun pyöräilin kotiin. Koti-ovella kuivasin äkkiä kyyneleet, etteivät vanhempani aavistaisi mitään. En uskaltanut kertoa heille koskaan.

Psykiatriselle osastolle jouduin syksyllä 2011. Se oli nuorisopuolen osasto, koska en ollut täyttänyt vielä 18 vuotta. Olin puoli vuotta tutkimusjaksolla, jossa sain myös ensimmäiset mielialalääkkeeni. Osastolla olo oli rankkaa ja satutin itseäni paljon. Kaikki tavarani olivat lukkojen takana vaatekapissa, etten pystyisi satuttaa itseäni niillä. Sain siellä kuitenkin myös kavereitakin ja oli meillä hauskaakin. Yksi huonekaverini puhui salaa puhelimella öisin, yksi huonekaveri soitti todella hyvin kitaraa ja osasi laulaa. Välillä sain olla yksinkin huoneessa. Osastolla oli tyhmiä sääntöjä, joita oli kiva rikkoa. Kerran suutuksissani paiskasin kaukosäätimen täysiä kiviseinään niin, että patteritkin lensivät. Silti koskaan en jotunut eristyshuoneeseen lepositeisiin. Olin kuitenkin meistä kaikista kilteimmästä päästä. Kirjottelin paljon päiväkirjaan ja kuuntelin musiikkia. Osallistuin ryhmätoimintaan. Olin kuitenkin hyvin masentunut ja halusin kuolla. Tunsin, ettei mulla ollut enää mitään merkitystä tässä elämässä. Kerran lähdin ryhmäliikunnasta lasiovista kävelemään lumessa ilman kenkiä ajatellen vaan, että mä haluun hypätä sillalta. Muut potilaat huutelivat mua takaisin, mutten kuunnellut, äänet vaan kaikuivat, muten pystynyt vastaamaan niihin. Lopulta kaksi hoitajaa tulivat mun luo ja ottivat mua molemmin puolin käsikynkästä ja taluttavat minut takaisin sisälle.

Monet lääkkeet pahensivat oloani. Sopivaa oli vaikea löytää, kun kaikista tuli ikäviä sivuvaikutuksia. Teimme osastolta myös kivoja retkiä. Kävimme muun muassa keilaamassa ja syömässä. Hoitajat olivat mua kohtaan yleensä aika mukavia. Mutta silloin, kun olin ollut itsetuhoinen niin sain kyllä kovaa kritiikkiä. Meillä oli osastolla myös keittiövuoroja. Saimme laittaa ruokaa ja leipoa vuorotellen. Aina, kun joku potilas pääsi kotiin niin hänelle järjestettiin läksiäisjuhlat. Minäkin sain omani 18-vuotis syntymäpäivänä. Muistan, kun kaikki hoitajat silloin onnittelivat minua. He olivat leikanneet lehdestä onnittelutoivotuksen, jossa oli mun vauvakuva. Minun isovanhempani olivat laittaneet sen lehteen. Kuitenkin sinä päivänä mietin mitä muut minun ikäiseni tekivät 18-vuotis syntymäpäivinä. Tuskin niitä kukaan muu joutui viettämään suljetulla osastolla neljän seinän sisällä. Se tuntui minusta pahalta. Enkä voinut päästä kotiin syntymäpäivänäni vaan siitä seuraavana päivänä pääsin vasta kotiin. Muutenkaan vanhempani eivät olisi päästäneet minua sen jälkeen yhtään mihinkään juhlimaan. Tiesin sen.

Se oli ensimmäinen osastokertani, jonka jälkeen olen ollut osastolla niin monta kertaa, että olen mennyt laskuissa sekaisin. Ainakin kymmenisen kertaa. Pisin osastojaksoni oli 1,5 vuoden mittainen. Mua ei uskallettu kotiuttaa. En muista siitä ajasta oikein mitään. Ensin minulla oli psykoosi, jossa minulla oli eräänlaisia numeroharhoja. Nimesin sen henkilön Kohtaloksi, koska se antoi minulle elinpäivieni määrän. Aina kun oli niin sanottu nollapäivä niin mun piti yrittää tappaa itseni. Niin tein joka kerta, kun se oli. Mulle yritettiin eri lääkkeitä, jotka olisivat poistaneet harhat, mutta ensin ne vaan pahenivat, kunnes lääke vaihdettiin ja se viimein alkoi auttamaan minua.

Menetin paljon ystäviä ja poikaystäviä. Ei monikaan jaksanut tukea minua ja sen ymmärrän nyt jälkeenpäin. Muistan kerrankin, kun seisoin kivellä tuijottaen veteen ja meinasin hypätä. Silloinen poikaystäväni otti minusta kiinni ja esti minua hyppäämästä. Monesti minulle tärkeät ihmiset auttoivat minut pahoista tilanteista pois. Mutta näin ei kuitenkaan aina käynyt. Niin alkoi minun lääkeyliannostus itsemurhayritykset. Kerran jopa niin pahasti, että joudui teho-osastolle ja kävin rajatilassa siis kuoleman rajalla ennen, kuin heräsin.

Se tapahtui eräänä marraskuisena iltana. En muista siitä illasta juurikaan mitään. Muistan, kun jätin itsemurhakirjeen puiselle keittiönpöydälle. Otin lääkkeitä x määrän ja menin sohvalle. Sanoin siitä yhdelle kaverilleni ja hän käski minun soittaa hätäkeskukseen. En soittanut heti, mutta hetken päästä soitin ja kerroin. Linjan toisessa päässä työntekijä oli tympeä ja sanoi ensin vaan "jaha". Kysyi pääsenkö avaamaan kerrostalon alaoven. Sanoin, että pääsen. Kului aikaa niin, että ajantajukin katosi. Mulle yritettiin soittaa hätäkeskuksesta, mutta aina, kun yritin vastata niin puhelin putosi kädestä. En nähnyt enää edes puhelimen näyttöä, silmät eivät toimineet, eikä koordinaatio. Yritin mennä eteiseen ja avaamaan ovea, mutta kaaduin ja päätin koittaa ryömiä. Ryömiessäkin törmäisin seiniin ja huonekalujen kulmiin. Pääsin kuitenkin eteiseen, mutta en päässyt enää seisomaan niin, että olisin saanut ovenkahvasta kiinni. Ei jäänyt muuta vaihtoehtoa kuin huutaa, karjua ja itkeä samaan aikaan keskellä yötä. Jossain vaiheessa multa oli kai vaan lähtenyt taju ja olin ollut löydettäessä syvästi tajuton. Herätessäni sairaalasta olin hengityskoneessa. Oli ollut lähellä, että olisin kuollut. En tiedä olinko iloinen selvitessäni vai en. Osastolle kuitenkin jouduin silloinkin.

Elämäni on siis ollut yhtä osastokierrettä ja itsemurhayrityksiä. Toki minulle on sattunut hyviäkin asioita ja nykyään niitä sattuu enemmän kuin huonoja.

Vielä sananen syömishäiriöstäni. Siitä aloin oireilemaan kuntoutusosastolla, kun huomasin eräänä päivänä lihonneeni lääkityksen takia. Aloin siis tarkkailemaan painoani. Se tarkoitti käytännössä sitä, että kävin joka päivä vaa'alla ja jos olin lihonnut vähänkin niin mun piti rankaista itseäni viiltämällä. Lopulta se meni siihen, että söin vaan aamu ja iltapalan. Molemmilla yhden viilin ja niillä elin koko päivän. Aloin myös lenkkeilemään. Vaa'an lukema muuttui, mutta peilikuva ei. Päästyäni osastolta mukaan astuivat laksatiivit ja erilaiset laihdutusvalmisteet. Muutto kauaksi läheisistäni ei ainakaan auttanut asiaa pikemminkin päinvastoin. Oireiluni paheni. Kävin jopa tutustumassa Kokkolan syömishäiriöyksikössä, mutta en koskaan aloittanut siellä sillä pelkäsin punnituksia ja lihomista, mitä he siellä kutsuivat painon normalisoitumiseksi. Opiskelin ja samalla en syönyt mitään. Korkeintään yhden maitorahkan päivässä. Jos söin enemmän niin oksensin. Välillä kyllä oksensin ahmimisen seurauksena. Käytin säännöllisesti laihdutusvalmisteita ja niihin paloi hirveästi rahaa. Halusin vain olla laiha. Oireilu paheni jatkuvasti. Itkin vaa'alla käydessäni, jos oli tullut 100 grammaakin lisää painoa tai jos se ei ollut laskenut edes sitä määrää. Muistan miten oikein romahdin lattialle itkemään ennen kouluun menoa. Kaikki vaatteet jäivät pieneksi. L koon tytöstä tuli vuodessa XXS...

Pystyin kauan peittämään syömishäiriöni. Kunnes luokkalaiset olivat kertoneet luokanohjaajalleni, etten käynyt koululla syömässä. Jouduin terveydenoitajan puheille, joka järjesti minulle psykiatri ajan. He olivat etukäteen juonineet, että minut laitettaisiin pakolla osastolle ja niin myös kävi. Jouduin tarkkailuun melkein pariksi viikoksi. Sinä aikana en alussa syönyt yhtään mitään. En suostunut punnitukseen, mutta minut pakotettiin siihen niin, että mieshoitaja otti ensin oman painonsa, jonka jälkeen otti minut syliin ja otimme yhteispainon. Hän siis vain vähensi oman painonsa minun painostani. Hän tokaisi minulle, että oli lihonut. Minä naurahdin sillä tiesin, että itse ainakin olisin vain laihtunut. Lopulta hoitajat uhkasivat minua nenämahaletkulla, jos en alkaisi syömään. Siitä olin kuullut miten kauheaa se on, joten yritin syödä. Muistan edelleenkin miten vaikeaa se oli. Hoitajat sanoivat, että syö edes se rahka.

Mä pyörittelin pikkulusikkaa rahkapurkissa ja otin kolme lusikan kärjellistä rahkaa purkista. En pysynyt syömään enempää sillä olin katsonut sen kalorimäärät, yli 200 kcal yhdessä purkissa. Hyi, en mä pystynyt. Jätin syömisen kesken, mutta sain kuulla siitä. Hoitajat sanoivat, että kahvilla mun pitää ottaa joku hedelmä. Otin omenan ja pyysin kuorimaveitseä. Kuorin omenan painaen veistä kunnolla sitä vasten, että kuoren mukana lähtisi myös itse omenaa. Söin sen. Istuin viltin alla yhteisissä tiloissa ja juttelin yhdelle toiselle potilalle. Jälkeenpäin mietin miltähän näytin hänen silmissään. Näytinkö mä siltä, että kuolen kohta? Osastolta kotiinpääsy ei muuttanut mitään. Mä jatkoin niin kuin ennenkin. Vanhemmatkin välillä kävivät mua katsomassa kotonani ja isä sanoi mua kukkakepiksi ja, että joudun pian kukankasteluun. En mennyt edes jouluksi kotiin, kun en halunnut syödä. Vanhempani ihmettelivät miksi en tule ja valehtelin, etten saanut kissoilleni ketään hoitajaa. Muistan, että oksensin melkeinpä koko joulun. Kerran, kun veljeni tuli käymään mun luona niin haimme makkaraperunat grilliltä. Ne syötyämme sanoin veljelle, että käyn ulkona nopeasti. Menin talojen vieressä olevan metsän laitaan ja työnsin sormet kurkkuun. En halunnut, että pikkuveljeni olisi altistunut sille, siksi en tehnyt sitä sisällä ollessani.

Yritin olla hyvä isosisko ja suojella pienimpiäni. Ongelmille ei vain voi mitään. Yritin siksi peittää ne, etteivät he joutuisi kärsimään.

Käännekohta ja muutos tapahtui vasta, kun koululleni tuli eräs nuorisotyöntekijä, joka lauloi ja soitti kitaralla laulun jossa laulettiin, että "sun elämä on arvokas..." Kysyin voisiko hän jutella minulle tunnin jälkeen ja hän suostui siihen. Kerroin hänelle elämästäni ja syömisongelmistani. Hän sanoi minulle: "Pienin askelin..." Nuo olivat ne sanat jotka saivat minut jatkamaan ja tekemään itse sen muutoksen.

Olen sellainen ihminen, että jos jotain päätän niin mä myös pysyn mun päätöksessä.

Samalla tavalla lopetin myös alkoholin liikajuomisen. Omalla päätökselläni. Alkoholista tuli minulle asia johon hukuttaa murheet. Kerran join jopa kuukauden putkeen joka päivä. Se oli paljon ennen lapseni syntymää. Vuosia, vuosia sitten, kun asuin vielä yksin. Kerran joulun alla aloitin Antabuksen syömisen, mutta ei se ollut se joka sai minut lopettamaan vaan se olin minä itse. Minä huomasin kuinka haitallista se on, kuinka se tekee minusta impulsiivinen ja kuinka se ei lopulta edes paranna oloa vaan pikemminkin pahentaa sitä pitkällä aikavälillä. Tiedän, että minulla on alkoholismi geeneissä ja se on myös yksi iso syy miksi juomisen olen lähes lopettanut. Enkä minä kaipaa sitä aikaa. En ollut silloin oma itseni. Alkoholi poisti stressiä, mutta vain hetkeksi. Stressi jatkui vaan kovempana seuraavana päivänä. Ei se antanut minulle mitään, ennemminkin se vei minulta. Altisti minut taas kerran seksuaalisellehyväksikäytölle. Se altisti minua myös yliannostuksille. Ilman alkoholia tuskin niitä niin monta olisi olutkaan. En todellakaan kaipaa sitä. Kävin läpi myös jonkinlaista alkoholipsykoosia. Olin silloin liian onneton, etten vain nähnyt muita syitä käsitellä pahaa oloani. Annan sen itselleni anteeksi. Anteeksi.

Kaikki mun kokemukset on vain tehneet minusta vahvemman. Ilman niitä mä en olis mä. En kadu mitään, sillä ei katuminen muuta mitään. Jokainen tapahtuma on omalla tavallaan tärkeä ja merkityksellinen. Kaikella on tarkoitus.

Luku 2. Pitkän pitkä odotus

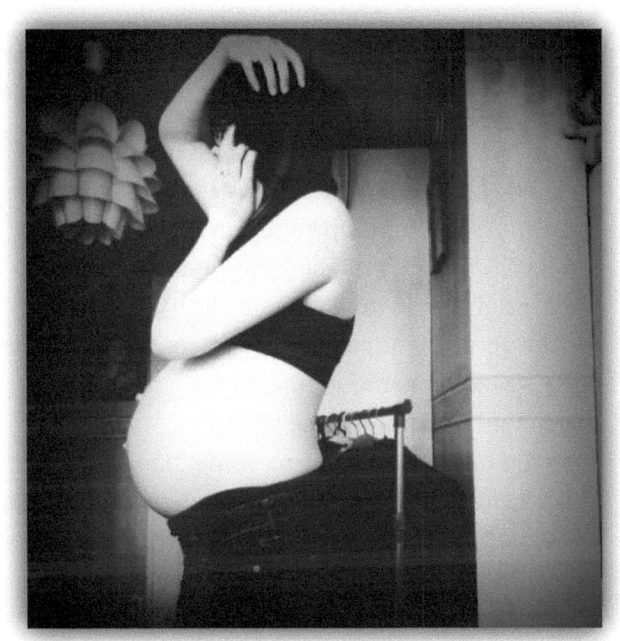

Tieto raskaudesta muutti asioita, kaikki oli mietittävä toisella tavoin. Minun oli ajateltava lastani joka kasvoi sisälläni. Se tuntui haastavalta, sillä eihän hän vielä ollut täällä konkreettisesti. Pelkäsin myös paljon keskenmenoa. Se stressasi minua, vaikka yritin olla stressaamatta. Sillä olin kuullut, että stressi ei ollut sikiölle hyväksi. Aloin kiertää kirppareita etsimässä lapselle vaatteita ja tavaroita. Ensimmäiseksi löysin ihanan vihreän pupubodyn ja siihen sopivan vihreän pupu helistimen. Otin kuvan ostoksistani ja katselin niitä ihaillen. Tunsin olevani onnea täynnä. Minusta tulisi äiti, äitiys oli jotain mitä todella halusin ja perheen, onnellisen perheen.

Mutta sitten kävi jotain odottamatonta. Masennus alkoi nostaa päätänsä raskausoireiden taustalla. Minulla oli muutenkin taipumusta masennukseen. Pärjäsin kuitenkin oloni kanssa. Minun äitini vaati, että muuttaisimme lähemmäksi heitä, ettei heidän tarvitsisi olla niin huolissaan ja, että he voisivat auttaa helpommin, jos tarvitsisimme apua. Päädyimme muuttamaan. Aloin oirehtia pahemmin, kun muutimme takaisin kotikaupunkiimme. Olen aina voinut huonosti siellä, koska siellä on tapahtunut niin paljon pahoja asioita, joista olen saanut traumoja. Nykyisinkin, kun menen siihen kaupunkiin niin alan voida aina huonommin. Minusta tuntuu, ettei kukaan ymmärrä sitä miten kovasti traumat ovat minuun vaikuttaneet. Yleensä siellä käydessäni yritän aina vältellä tiettyjä paikkoja, ettei muistot iskisi liian kovaa läpi ja saisi minua voimaan huonosti. Silti joudun käymään siellä, sillä

kaikki ystäväni ja läheiseni asuvat siinä kaupungissa.
En voisi hylätä heitä.

*Masennusta ei otettu vakavasti. Ainut mitä
tehtiin olivat ennakolliset lastensuojeluilmoitukset.*

En saanut masennuslääkettä, vaikka olisin
tarvinnut. Avohoidon käyntejä ei lisätty, vaikka olin
toivonut sitä. Psykiatri ja psykiatrinen sairaanhoitaja
ajattelivat vaan kaiken olevan epävakautta, eivätkä
ymmärtäneet masennuksen ja sitä kautta
kaksisuuntaisen mielialahäiriön vaikuttavan minuun
sillä hetkellä enemmän. Psykiatri halusi, että jatkaisin
lääkitystäni koko raskauden ajan. Hän kertoi minulle
riskit, joista ei ollut paljon tietoa. Raskauden
loppupuolella kuitenkin vähensin lääkitystä lääkärin
ohjeen mukaan. Mutta jälkeenpäin se kaduttaa, että
söin koko raskauden lääkkeitä. Pelkään, että se vielä
tulee vaikuttamaan lapseni elämään ja jos näin tulee
käymään niin haluan pyytää sitä jo nyt anteeksi.
Anteeksi. Ajattelin kuitenkin lapsenkin parasta, että
söin lääkkeitä sillä en tiedä olisinko pärjännyt ilman
lääkkeitä. Entä jos en olisi ja olisin tehnyt jotain
peruuttamatonta?

*Halusin lapseni syntyvän, siispä kuuntelin
psykiatriani.*

Lapsen tuleva isäkin alkoi oireilemaan
muutettuamme. Hänestä alkoi kuoriutumaan
helposti vihastuva ihminen. Kerran hän hajotti
keittiöveitsen koiraporttiin. Minua pelotti se, aloin
pelkäämään häntä vihaisena. Huomasin hänen

19

hermonsa olevan koetuksella, ehkä hän pelkäsi tulevaa. Ei hän kuitenkaan olisi silti saanut purkaa sitä noin.

Lastensuojelu kävi jo ennen lapsen syntymää kotikäynnillä. Jälkeenpäin sain kuulla, että asunnossani oli heidän mukaan ollut koiran jätöksiä ja karvoja, sekä likaisia astioita tiskialtaassa (lue yksi lautanen ja kaksi kuppia). Eikä mitään jätöksiä ollut, karvatkin olin putsannut pois. Koiralla oli silloin karvanlähtöaika eli ei silloin koti voi olla tip top kunnossa, eihän kenenkään koti koskaan voi olla täysin siisti, varsinkaan jos kotona asuu eläimiä tai lapsia. Käynti oli mennyt muuten ihan hyvin. Keitin kahvit ja söimme tekemääni porkkanakakkua. Yritin antaa hyvän vaikutelman, mutta ei, en näköjään onnistunut. Minut oli tuomittu jo valmiiksi.

Leima: mielenterveysongelmainen ja äiti, ei se sopinut kuvaan.

Meille oli määrätty myös käynnit Pikkulapsipsykiatrian poliklinikalla jo ennen lapsen syntymää. Muistan ne käynnit siellä, kerran jopa äitini halusi tulla kuuntelemaan mitä siellä puhuttiin. Siellä selvitettiin sitä ymmärrämmekö me sen mitä

lapsi tarvitsee ja miten häntä kohdellaan oikealla
tavalla.

*Minulta kysyttiin menenkö lapsen luo jos
lapsi itkisi. Kysymys oli minusta tyhmä sillä vastaus
on selkeä, tietysti menisin.*

Lisäksi kävimme Hall-polilla (huume,
lääkkeet, alkoholi...) Perusteena minun
alkoholinkäyttöni aiemmin. Minulla on myös
virheellinen diagnoosi lääkkeiden- ja tai päihteiden
väärinkäyttö, vaikka se oli oikeasti itsemurhayritys.
Diagnoosi tuli psykiatriselta sairaanhoitajalta, vaikka
vain lääkäri saisi määrätä diagnooseja. Hall-polilla ei
todettu mitään ongelmaa. Työntekijä siellä kyseli
vaan kuulumisia ja esitteli meille synnyttäneiden
osastoa ja itse synnäriä. Joka kerta minulta otettiin
myös huumetestit, vaikka en mitään huumeita
käyttänytkään.

*Tällaisena he pitävät minua. Ihmisenä joka
voisi vahingoittaa lastansa...*

Totuus on se, etten koskaan olisi voinut
käyttää huumeita tai juoda alkoholia, ottaa
yliannostusta lääkkeitä tai mitään muutakaan, mikä
olisi voinut vahigoittaa syntyvää lastani. Lapseni oli
minulle jo nyt tärkein, vaikkei ollutkaan vielä nähnyt
päivänvalon ensi säteitä. Loppuajasta laskin päiviä
"pikkusen" syntymään. Pikkunen oli siis lapseni
työnimi. Minulla oli kerrostalojen sukunimitaulua
muistuttava taulu, missä luki "Me odotamme sinua
pikkunen" ja sen perässä luki kuinka monta päivää oli

laskettuun aikaan. Me oikeasti odotimme ja
ostelimme tavaroita valmiiksi. Ostin unipesän ja
sitterin, leikkimaton ja leluja. Pinnasängyn saimme ja
kasasimme senkin valmiiksi makuuhuoneeseen.
Pinnasängyn yläpuolelle laitoin soivan mobilen mistä
roikkui pehmoeläimiä. Petasin sängynkin valmiiksi
odottamaan tulevaa nukkujaa.

*Kaikki oli valmiina vaipoista lähtien. Jos en
olisi rakastanut, jos en olisi odottanut niin en olisi
tällaista valmiiksi etukäteen tehnyt. Eikö se
äidinrakkaus näy jo siitäkin?*

Mietin paljon meidän "pikkusta". Miltä hän
näyttäisi, kummalta hän perisi nenän, entä suun.
Millainen ääni hänelle iänmyötä kehittyisi. Odotin
niin kuulevani sen. Kuulevani ensimmäisenä sanana
sanan "äiti". Varjelin häntä jo kohdussa, varoin
kävellessä. Vältin jäätikköjä ja pitkiä kävelymatkoja.
Halusin turvata kaiken. Varsinkin raskauden lopussa
en kävellyt kuin lähikauppaan. En halunnut
synnytyksen alkavan, kun olin yksin liikenteessä.

*Silittelin mahaani iltaisin ja lauloin hänelle
pieni tytön tylleröistä.*

Halusin hänen muistavan sen unilaulun, sillä
minullekin laulettiin sitä pienenä. Soitin myös muuta
musiikkia lapselle jo ennen kuin hän oli syntynytkään.
Halusin hänelle rytmin vereen. Kun tunsin ekat
potkut eräänä yönä niin sain huokaista
helpotuksesta. Minulle tuli siitä niin hyvä olo, olin
onnellinen. Onnellinen tulevasta äitiydestä. Vietin

paljon aikaa makuuhuoneessa, kuin turvassa
maailmalta.

*Kai se on jotenkin vaistossa, että haluaa
mennä suojaan ja turvaan, kun odottaa lasta.*

Aistitkin muuttuivat ja mielialat hyppivät.
Meinasin oksentaa kahvikuppiin, kun join siitä. Aloin
itkemään kerran, kun näin tiskialtaassa tiskejä.

Kirjoitin myös blogia raskauden aikana:

15.09.2017

"Olen uusi tässä maailmassa. Mua pelottaa,
ahdistaa ja jännittää... Mutta samalla mä oon niin
onnellinen, iloinen ja levollinen. Mieli on sekainen, se
menee tunteidenvuoristorataa. Itken ja nauran,
molempia yhtäaikaa. Mä en tiedä mitä tunnen. Olen
ihan shokissa!! Sisälläni kasvaa toinen ihminen, se on
niin käsittämätöntä ja suurta. Olen niin onnellinen."

27.09.2017

"Raskaana oleminen on ollut rankkaa, mutta
kyllä se antaakin paljon. Nyt pieni on yhtä sykkivää
sydäntä ja ajatus siitä tuntuu jännittävältä ja upealta.
Raskasta on ollut aamupahoinvoinnin kanssa, joka
jatkuu aina pitkälle iltapäivään. Epäilen vahvasti, että
masussa kasvaa tyttövauva. Tuntuu vain siltä. Saa
nähdä!"

11.10.2017

"Kysymykset "Entä jos musta ei olekaan
tähän?" pyörivät mielessä. Uskon silti pohjimmiltani,

että minusta on tähän. Aion taistella ja tsempata, niin olen jo nyt tehnyt, mutten aio lopettaa sitä! Haluan näyttää kaikille, että minusta on tähän. Haluan näyttää, että pärjään."

24. 10.2017

"Yritän silti elää toivossa ja nauttia jokaisesta päivästä pikkuiseni kanssa. Oon niin onnellinen hänestä. Jokainen päivä on arvokas. Aion elää joka päivän."

27.11.2017

"Eilen sain ensikertaa kuulla kuinka sun sydän lyö. Sinä pyörit kohdussa niin, ettei sua meinannut saada kiinni. Sydämesi löi nopeasti, nopeammin kuin kuvittelinkaan. Se oli kaunis tasainen ääni, joka kaikui koko huoneessa. Rakastuin suhun taas lisää."

02.12.2017

"Eilen yöllä tunsin muljahduksen ja pientä kihelmöintiä mahassa. Se oli ihana tuntea. Kaikki on mennyt nyt hyvin. Väsymys on vaan jäänyt. Nukun päikkäreitä, vaikka en yleensä nuku. Mulle on tullut

erilaisia ruokahimoja. Haluan kokoajan Juissia ja nyt
halusin tehdä siitä mehujäätä"

Tässä välissä mulla oli mennyt vähän
huonommin.

08.01.2018

"Mulle on tullut outoja mielihaluja ruokiin.
Yksi ehdoton on, että juissia pitää olla aina kaapissa.
Toinen himo on kurkkusalaatti ja kolmas
mansikkarahka. Välillä saattaa tulla yllätyksiä
nimittäin yhtenä iltana/yönä halusin jostain syystä
syödä kylmää kasvisherne keittoa suoraa purkista.
Sieltä mä vaan lusikoin menemään.

Ylihuomenna meillä on rakenneultra ja mua
jännittää ihan hirveesti se. Oon kuitenkin yrittänyt
tehdä kaikenlaista, että unohtaisin jännityksen ja
pelot. Se on toiminut, olo on ollut kevyempi. Toivon
koko sydämestäni, että kaikki on hyvin. Ja tuntuu
ihanalta saada tietää onko vauva poika vai tyttö.
Epäilen vieläkin vahvasti sitä tyttöä, mutta saas nyt
nähdä. Jännää.

Odotan sua jo niin kovasti mun syliin."

15.01.2018

"Meillä oli viime viikolla rakenneultra. Mua
jännitti ihan hirveästi sinne meno. Pelkäsin, ettei
kaikki ole hyvin. Onneksi kuitenkin kaikki näytti
hyvältä. Vauva oli kasvanut paljon, painoa oli jo
arviolta 480g. Voi mun pientä. Saimme myös tietää
hänen olevan todennäköisesti tyttö. Lääkäri, joka

ultrasi sanoi: "En mä ainakaan mitään poikamaista näe." Nyt siis tytölle keksimään nimiä. Tyttöhän mä olin veikannut lähes alusta asti. Mun äitikin puhui tyttömahasta. Maha onkin jo kasvanut ja neuvolassa sanoivat eilen, että kuukauden päästä kenenkään ei tarvitse arvailla, että oon raskaana. Heidän mielestään olen kuulemma niin hoikka, että näkyi hyvin kohdun kasvu. Kuunneltiin myös vauvan sydänääniä ja oli "tyttömäinen" syke noin 150. He sanoivat sielläkin, että mun maha oli kasvanut paljon ja hyvällä tavalla. Vastasin: "Että kerrankin hyvällä tavalla" Sain paljon lähetteitä verikokeisiin. Sikiön veriryhmän määrittämiseen ja sokerirasitukseen. Mulla on itsellä veriryhmä B- ja jos vauvalla on plus veriryhmän perässä niin saan jonkun pistoksen. Saa nyt nähdä sitten.

Kaikki on muuten mennyt hyvin. Pahoinvointikin helpottaa vähitellen, ainakin tällähetkellä. Vauva potkii jo paljon ja ruokahalukin kasvaa. Olin silti syönyt liian vähän sillä paino oli vähän pudonnut. Olen myös löytänyt uuden mieliruuan cream crakerit. Niitä voisin syödä paketillisen kerralla. Meillä on vielä tulossa tällä viikolla pikkulapsipsykiatrialle aika. Mua stressaa se ihan hirveästi. Mutta pakko sekin käynti on hoitaa. Sain neuvolasta myös raskaustodistuksen eli nyt voin hakea kelan tukia ja äitiyspakkauksen. Ei enää kauaa, että vauva syntyy. Voi kunpa joku järjestäisi mulle babyshowerit."

08.03.2018

"En ole kirjoittanut taas aikoihin ja syy löytyy väsymyksestä, joka on palannut. Loppua kohden mennään, enää 10 viikkoa laskettuun aikaan! On tää niin jännää. Mietin mihin tää aika on kulunut.

Helmikuun alussa mulla oli muutto toiseen asuntoon lähemäksi lapsen tulevia isovanhempia. Heidän olisi sitten helpompi autella, jos tarvitsen jossain apua. Tuli käytyä jo "uudella" paikkakunnalla neuvolassakin. Kaikki oli hyvin vauvalla. Sydämensyke 130. Ensikerralla olisi sitten isyyden tunnustaminen, mikä jostain syystä mua vähän stressaa.

Kaikki oli kunnossa ja mä sain huokaista helpotuksesta. Hetkeksi. Kunnes viime sunnuntai - maanantain välisenä yönä alkoi tuntua menkkamaisia kipuja, jonka jälkeen alkoi supistella. Supistukset olivat kipeitä ja tiheemmillään kahden välissä oli 10 minuuttia. Soitimme synnytyssaliin, josta meitä kehotettiin tulemaan käymään tarkistamassa onko synnytys mahdollisesti alkanut. Minä menin lievään shokkiin siinä tilanteessa. Pelkäsin, että nyt se vauva syntyy 10 viikkoa etuajassa!! Hoin miehelle, etten ole vielä valmis synnyttämään. Mua pelotti todella paljon. Pelkäsin myös vauvan puolesta, jos hänellä ei olisi kaikki hyvin.

Soitin yöllä ystävälläni, joka lupasi tulla viemään meidät sairaalaan. Kello oli kaksi yöllä, kun saavuimme sairaalalle. Meitä oltiin siellä heti vastassa. Kätilö kutsui meidät sisälle huoneeseen. Seurattiin vauvan sykettä ja supistuksia. Sain supistuksia ehkäisevän piikin ja panadolia kipuihin. Sen jälkeen lääkäri vielä tutki minut ja ultrasi vauvan. Kaikki oli hyvin meillä molemmilla. Vauva ei ollut onneksi vielä syntymässä. Lääkäri sanoi, että mun vauva on liikkuvaa sorttia ja se voi aiheuttaa supistuksia niinkin paljon. Vauva potkaisi ultratessa siihen ultrauslaitteeseen ja sykettä kuunneltaessa myös liikkui koko ajan niin, että anturia jouduttiin siirtää useasti. Sain lähteä kotiin. Lääkäri kuitenkin sanoi, että ei voi koskaan tietää milloin syntyy, koska oli esikoinen kyseessä. Kehotti tulemaan takaisin jos supistukset jatkuvat taas kipeinä. Onneksi nyt on ollut kaikki kunnossa. Minua kehotettiin vain lepäämään enemmän.

Jouduin käymään synnytyssalin päivystyksessä jo kerran aiemminkin pari viikkoa sitten pienen verenvuodon takia. Sille ei löytynyt kuitenkaan mitään varmaa selitystä ja onneksi silloinkin kaikki oli kunnossa.

Olemme ostelleet vauvalle kaikenlaista. Vaaleanpunaista tietenkin. Meiltä puuttuu enää vaunut ja patja pinnasänkyyn. Semmoinen babynest olisi myös ihana! Muuten meillä puuttuu vaan enää kaikkea pientä. No eihän tässä olekaan enää kauaa aikaa hoitaa hankintoja. Tuntuu niin hyvältä ostaa vauvalle kaikkea. Eilen pesin juuri vauvanvaatteet mitä olin ostanut. Vielä ne pitäisi viikata kaappeihin. Tuntuu niin oudolta vieläkin. Minullekko vauva?

Viime viikonloppuna oli myös ystäväni babyshowerit, joita minä olin siis järjestämässä muiden hänen ystäviensä kanssa. Ystäväni saa myös vauvan toukokuussa. Muutaman viikon aiemmin kuin minä. Otimme siellä kutsuilla yhteiskuvan meistä ja tuntui jotenkin ihmeelliseltä, että me saadaan vauvat näinkin yhtä aikaa. Olemmehan tunteneet toisemme jo kymmenisen vuotta. Babyshowereilla oli kivaa ohjelmaa. Ystäväni piti tunnistaa pilttien makuja silmät kiinni ja arvata meidän kaikkien paikallaolijoiden vauvakuvista kuka on kuka. Lopussa oli vielä meille vieraille vauva-arvauskortit mihin piti arvata muun muassa vauvan syntymäaika, paino, pituus ja silmien- sekä hiustenväri. Salaa olisin toivonut itsellenikin järjestettävän sellaiset. Mutta minulla ei ole sellaista ystäväporukkaa kuin tällä ystävälläni. Olin kuitenkin iloinen, kun sain olla hänen kutsuillaan.

Nyt olen siis ollut hyvin väsynyt ja levännyt paljon niin kuin se lääkäri mulle ohjeisti. Eilenkin makasin lähes koko päivän. Ehkä se olo tästä tasoittuu. En vaan saisi rasittaa itseäni nyt liikaa. Asuntokin huutaa siivousta ja mietin voinko edes tarttua imurin varteen juuri nyt. No ehkä kestän nyt hetken tätä kaaosta mikä täällä vallitsee. Yritän keskittyä nyt siihen lepäämiseen. Kyllä kaikki järjestyy aikanaan. Tiskata kyllä ajattelin, ettei sotku karkaa kokonaan käsistä.

Näihin tunnelmiin lopetan nyt kirjoittamisen ja toivon tosissani, ettei niitä supistuksia tulisi enää tässä ennen kuin oikeasti on synnyttämisen aika."

16.03.2018

"Olen ollut huolissani, en voi kuitenkaan sanoa olevani liikaa. Kävin taas synnytyssalissa tarkistuskäynnillä alkuviikosta. Kaikki oli onneksi hyvin. Vauva oli kääntynyt jo viikko sitten ja oli nyt raivotarjonnassa. Lääkäri sanoi, että se voisi aiheuttaa kipuja. Särkylääkkeetkään eivät tehonneet kipuun ja supisteli tiheimmillään viiden minuutin välein. Vauva ei kuitenkaan ollut syntymässä. Onneksi ei vielä.

Oma olo on mennyt huonompaan suuntaan. Masennus nostaa päätään. Oon ajatellut vauvaa ja sen avulla jaksanut. Olen myös nukkunut paljon ja se on onneksi vähän helpottanut oloa."

22.03.2018

"Ilta kotona oli vaikea. Itku on alkanut taas olemaan herkässä. Tuntuu kuin en tuntisi mun vauvaa enää. Ihan kuin hän olisi mulle täysin vieras, vaikka aiemmin olen häntä rakastanut. Itkin oloani, itkin sitä, kun nyt minusta tuntuu etten haluaisi vauvaa. Se on väärä tunne, en saa tuntea niin. Tuntuu pahalta. Haluan sen rakkauden takaisin. Nyt tuntuu, kun en välittäisi. Ehkä olen itse liian

masentunut. Se on pelottavaa. Entä jos jotain
sattuu? Voin kunpa pieni syntyisi jo, niin kaikki olisi
paremmin. Että muistaisin taas, että tuntisin. Olen
hukkunut, kadottanut äitiyden ilon. Kaikki on synkkää
sumua, vaikka nytkin kun tätä kirjoitan niin vauva
liikkuu ahkerasti. Miksi se ei silti tunnu enää
samalta? Mihin kaikki katosi? Miten äiti voi
"unohtaa" lapsensa?"

27.03.2018

"Mut yllätettiin babyshowereilla viime
sunnuntaina. Hyvä ystäväni oli alkanut
suunnittelemaan mulle babyshowereita heti, kun
hänelle oli järjestetty sellaiset. Ohjelmassa oli
erilaisia leikkejä. Vauvan vaipan vaihtoa silmät
sidottuina, vauva aiheista Aliasta ja mahan
ympärysmittani arvausta. Lisäksi oli tietenkin hyvää
ruokaa ja ihania ihmisiä. Asunto oli kauniisti
koristeltu, kun saavuin kotiin. Olin mennyt isäni
kanssa kirpputorille, mikä tietenkin oli suunniteltua,
etten olisi kotona heidän valmistellessaan juhlia. Oli
kyllä todella ihanat juhlat."

10.04.2018

"Minun voimani uupuivat ja masennus oli
alkanut ottaa valtaa, samoin itsetuho mikä oli ennen
ollut osana elämääni, mutta oli ollut nyt pitkään
poissa. Minua pelotti, tunsin olevani huono äiti, kun
jouduin ottamaan apua vastaan. Jouduin mennä
neljäksi päiväksi osastolle lepäämään. Se tuntui
väärältä ja pelottavaltakin. Munhan piti pärjätä yksin

ja olla vahva. Pelkään tästä aiheutuvaa uutta ennakollista lasu ilmoitusta. Pelkään, että he vievät lapsen pois. Vielä torstaina olin kiiluvin tähtisilmin väittänyt sossun tädeille, että mulla menee nyt hyvin. Ja niin menikin, romahdin vaan siitä kotikäynnistä minkä he tulisivat tekemään. Se veti minut ihan pohjalle ja sai ahdistumaan. Millä muullakaan lievitin ahdistusta kuin itsetuholla, sillä tutulla ja turvallisella.

Säikähdin itseäni, kuinka pystyin tehdä näin itselleni. Olin surkea, huono, itsekäs äiti, joka miltein oli unohtanut lapsensa olemassa olon. En ikinä haluaisi vahingoittaa mun pikkusta, mutta nyt neljä päivää levättyäni tajuan tämän itsetuhon vahingoittavan häntä. Päätin eilen, etten enää tahdo tehdä niin. Päätin alkaa taistella itseni pois kierteestä. Se ei tulisi olemaan helppoa, sen tiesin. Mutta mun täytyi yrittää. Mun täytyy taistella kovemmin mun pikkusen takia."

13.04.2018

"Mulla on taustalla syömishäiriöoireilua ja silti sain tänään kuulla siitä kuinka olen saanut liian nopeasti liikaa painoa. Romutuin täysin ja menin lukkoon. Neuvolassa kysyttiin oonko syönyt epäterveellisesti ja liikkunut aiempaa vähemmän. Siitä tiesin mulle olleen kertyneen liikaa painoa viime kerrasta. Noin +3 kiloa vähän vajaa kuukaudessa. Onko se liikaa? Kuka sen määrittää mikä on liikaa? Olen lähes aina ollut hoikanpuoleinen ja kuullut, että ylipainoiset ovat yleensä saaneet kärsiä tuollaisesta sättimisestä. Nyt kuitenkin minä olin sen uhri ja vielä syntymäpäivänäni. Tuli niin paha olo, että syömishäiriöajatukseni aktivoituivat. "Voinko syödä tuota?" -En voi. "Pitääkö mun laihtua?" -Pitää. "Pitääkö mun oksentaa?" -Pitäisi. Koska mähän olen lihonut liikaa...

Kaikki oli vauvalla kunnossa, onneksi. Olin pelännyt vauvan heikkoa liikkuvuutta, mutta se kuulemma johtuisi siitä, että kohdussa alkaa tila pienenemään. Vauva riehui ihan kunnolla, kun kuunneltiin sydänääniä, eikä meiannut millään rauhoittua. Vauva oli mennyt takaisin raivotarjontaan. Painoa olo tullut liki kilo ja se on ainakin hyvä. Eli siis tuosta kolmesta kilosta yksi kilo on vauvallani. Ja silti hän halusi motkottaa. Tuntuu niin pahalta ja itkin muutaman kyyneleenkin. Olenko mä huonompi nyt +3 kiloisena? Tuntuu vain siltä."

20.04.2018

"Eilen oli viimeinen ulta ja tutustuminen synnytyssaliin. Ultrassa kaikki oli hyvin. Vauva kasvoi hyvin käyrillä, hiukan oli vatsanympärys kapeampi kuin pitäisi olla, mutta ei mitenkään liian pieni ollut. Lääkäri sanoi, ettei vauvasta tulisi kovin isoa, vain vähän päälle kolme kiloa, hän arvioi. Nyt painoarvio oli 2550 g. Lääkäri teki myös sisätutkimuksen ja sanoi, ettei mulla pitäisi olla mitään ongelmaa synnyttää. Lantio oli kuulemma hyvä. Onneksi kaikki

oli hyvin. Kuvaa ei saatu muistoksi, koska vauva olo
jo niin alhaalla.

Synnytyssaliin tutustuminen jännitti, mutta
auttoi stressiini ja synnytysjännitykseen. Sain kuulla
erilaisista kivunlievityksistä ja päätin, etten ottaisi
epiduraalia. Oli olemassa myös
kohdunkaulanpuudutus ja ilokaasu. Tuo
kohdunkaulanpuudutuskin kuulosti hurjalta. Sain
myös nähdä synnytysjakkarat ja jumppapallot, joita
voisi halutessaan käyttää. Ajattelin kyllä ainakin
koittaa synnytysjakkaraa ja haluaisin myös koittaa
ammetta. Olisin toivonut kovasti vesisynnytystä,
mutta se eo valitettavasti ole vielä täällä sairaalassa
mahdollista. Se vähän jäi harmittamaan. Jäin myös
miettimään sitä sähköä selkään ja se alkoi ahdistaa.
Tuntuu, että kaikki kivunlievitykset liittyi myös jollain
tapaa kipuun ja sitä kautta pelkäsin niitä. Toisella
kivulla huomio pois toisesta kivusta -periaatteella. Ei
sopinut minulle. Jos pystyisin vaan menemään ilman
kivunlievitystä. Onhan mulla korkea kipukynnys.

Tänään on enää jäljellä kuukausi laskettuun
aikaan. Mua on alkanut todellakin jännittää! Tänään
on ollut aika paljon supistuksia ja pelkäsin jo lapsen
syntyvän elokuvateatteriin. Onneksi kuitenkin vielä

on masussa. Vaikka kyllä hän saa tulla silloin kuin itse haluaa. Äidin rakas pieni."

02.05.2018

"Mulla on ollut pari päivää menkkamaisia kipuja. En pysty enää oikein kumartumaan, se tuottaa kipua. Kenkien sitominenkin on alkanut olemaan vaikeaa. Tuntuu, että supisteleekin enemmän ja maha on laskeutunut huomattavasti. Energiaa kuitenkin riittäisi vaikka kuinka, mutta olen yrittänyt silti lepäilläkin.

Olo on muuten ollut hyvä ja pirteä. Oon jaksanut lääkkeen annoksen vähentämisestä huolimatta. Tuleva synnytys ei juurikaan enää pelota, enemminkin se synnytyksen jälkeinen vauva-arki pelottaa ja jännittää. Millainen äiti minusta tulee? Entä jos en pärjää? Monet kysymykset vaivaavat mun mieltä. Stressiltäkään ei voi välttyä. Kaikki on niin uutta ja tuntematonta. Se tuntematon pelottaa. Sisimmässäni uskon kuitenkin edelleen selviytyväni. Välillä vaan epäilykset nousevat pintaan."

Synnytyskertomus (ja sen jälkeisiä tunnelmia):

08.05.2018

"Joo elikkäs mulla on nyt ollu paljon harjotussupistuksia. Luulin jo sunnuntaina synnytyksen alkaneen, kun supistukset tihenivät ja kipeytyivät. Lähdimme käymään synnärillä, mutta selvisi, että nää supistukset olivat latenssivaiheen supistuksia. Käyrillä näkyi supistuksia viiden minuutin välein. Kätilö oli todella mukava ja kertoi mulle paljon uutta synnytyksestä. Teki myös sisätutkimuksen, jossa selvisi, että olin 1cm auki ja pää oli myös kiinnittynyt. Kätilö sanoi, että mun olisi helppo synnyttää, koska olen niin pitkä ja vauva ei olisi niin iso ainakaan tällä hetkellä vielä.

Tänään supistukset ovat kestäneet yhteensä 15 tuntia. Ne ovat tulleet aikalailla säännöllisesti kymmenen minuutin välein ja ovat kipeitä. Aamulla otin panadolia ja kokeilin lämmintäsuihkua, mikä hieman auttoi ja sillä selvisi se, ettei synnytys ollut vielä käynnissä. Sillä supistukset eivät säännöllistyneet lämpimästä vedestä. Nyt vain odottelen loppuvatko supistukset vai alkaako synnytys käynnistymään tässä piakkoin. Olo on jo nyt kipeä ja uupunut. Tiedän synnytyskipujen olevan ainakin 5 kertaa pahempia. En tiedä miten pystyn synnyttämään, kun tää sattuu jo nyt.

Puristan miehen kättä, hakkaan kättä seinään, kiroan... Koska olen niin kipeä, silti synnärille on turha vielä lähteä. Kärsin vielä hetken, odotan, että supistukset vielä tihenevät ja voimistuvat. Toivon, että nyt syntyisi niin pääsisi näistä kivuista pois."

20.05.2018

"Tänään olisi ollut laskettu päivä, mutta meidän pikkuinen tyttö syntyikin jo 8.5 klo 23:44.

36

Viikkoja kertyi 38+2 ja painoa 2920 g, pituutta 48cm. Synnytys käynnistyi supistuksilla jotka alkoivat jo yön puolella kahden aikoihin ja tihenivät ja kipeytyivät iltapäivää ja iltaa kohti. Lämmin suihku sai supistukset tihenemään ja siitä tiesin, että nyt synnytys on käynnissä.

Tulimme noin klo 21 aikoihin sairaalaan. Olin silloin 3cm auki. Halusin kokeilla ammetta, olin sen jo etukäteen päättänyt. Lämmin vesi auttoi kipuihin vähän, mutta lopulta sanoin miehelle, etten kestä kipua enempää. Olin siellä noin 45min ja aukesin 7cm asti. Alunperin mun piti mennä ammeesta tarkkailuhuoneeseen mikä vaihtuikin lennosta suoraan saliin, koska mun supistukset olivat niin säännöllisiä. Meille oli sanottu, että olisimme voineet aluksi mennä vielä kotiinkin, mutta onneksi jäimme. En ehtinyt edes saamaan kivunlievitystä. Ilokaasua kokeilin ilman hyötyä. Lääkäri oli tulossa antamaan kohdunkaulan puudutetta, kun lapsivedet meni vähän klo 23 jälkeen ja sitten olinkin jo 10cm auki ja sain ponnistaa. Lääkäri sanoi, että tunnin päästä vauva on syntynyt. Meni 41 minuuttia. Mua kehuttiin siitä miten nopeasti synnytys sujui ja muutenkin ongelmitta. Ensisynnyttäjä kun olin. Tuli vain ensimmäisen asteen repeytymä ja laitettiin kuusi tikkiä. Kun kätilö sanoi, että syntyi terve tyttö niin mä aloin siinä samassa itkeä. Tää on niin uskomatonta olla äiti. Ei tämän suurempaa onnea olekaan.

Olin synnyttäneiden vuodeosastolla viikon verran. Vauvalla oli keltaisuutta ihossa ja sitä seurattiin. Halusin myös itse olla tarpeeksi kauan sairaalassa, että olo olisi varma lähtiessäni kotiin. Viikossa oppi hyvin käsittelemään vauvaa ja tuntemaan hänet. Lisäksi sai hyviä neuvoja ja tukea aina, kun tarvitsi. Kätilöt olivat todella mukavia.

Mulle tuli synnytyksen jälkeen babyblues. Itkeskelin eikä siitä meinannut tulla loppua. Hoin, etten pystyisi tähän ja, että olen ihan huono äiti, kun en voi edes imettää lääkitykseni takia. Vaikka alussa mulle lupailtiin, että saisin imettää. Mulle ei vaan kerrottu koko totuutta. Sain siis pullovauvan, sen helpomman? Alussa sitä oli vaikea hyväksyä, kun oli jo päässyt imettämään muutamia kertoja. Tuntui kuin side olisi katkennut vauvaan. Tuntui, että olisin jotenkin kauempana nyt. Olen pitänyt vauvaa ihokontaktissa, että saisin edes vähän siitä tunteesta kiinni. Muttei se tunnu samalta ja se sattui. Sattuu edelleenkin. Yritän vaan olla miettimättä.

Nyt kotona on mennyt hyvin. Olen oppinut luottamaan itseeni ja uskomaan siihen, että osaan."

Iso odotus oli nyt ohitse. Kaikki oli mennyt niin hyvin, että selvisin ja vauva syntyi terveenä. Selvisin masennuksen kourissa.

Vaikka tarvitsin osastohoitoa ei se tee minusta yhtään huonompaa äitiä.

Moni ei ollut uskonut, että pystyn tähän. Sain jopa kuulla omalta isältä sanat: "Tee abortti!"

Ei en tee, en todellakaan olisi voinut tehdä niin. Moni uskoi, ettei minusta olisi äidiksi, koska olin

mielenterveysongelmainen ihminen. Ei, ei se määritä
ihmistä. Omat teot on ne jotka määrittää.

**Toukokuussa teit minut onnellisemmaksi
kuin koskaan. Teit minut äidiksi. En unohda sitä
tunnetta ikinä. Onni on olla äitinä.**

Äiti sua kantaa

Äiti halaa

Äiti suukottaa

Äiti uneen uudittaa

Äiti sua rakastaa

Luku 3. Uusi alku elämälle?

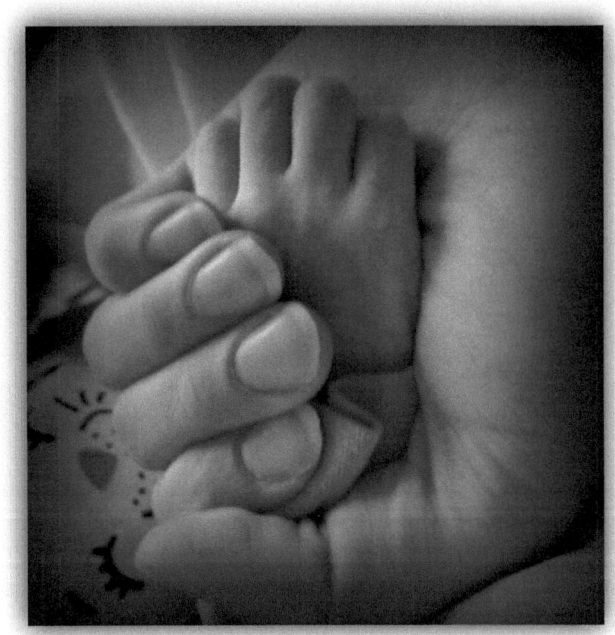

Pienestä tähdenlennosta synnyit

Kauniista aamuruskosta kasvoit

Äidin sydämeen jäit asumaan

Etkä pois sieltä lähde milloinkaan

08.06.2018

"Paljon on tapahtunut, kun en ole kirjoitellut. Kuukausi on kulunut nopeasti vauvakuplassa elellen. Sairaalasta oli hyvin vaikea lähteä kotiin. Tuntui, etten osaisi hoitaa lastani. Tuntui, että olisin huono äiti joka ei pystyisi mihinkään. Niin tuli babyblues. Itkeskelin sairaalassa paljon. Koko äitienpäiväkin meni kyynelien seassa. Itkin miehelleni, etten pysty mihinkään, enkä opi hoitamaan vauvaa. Opinpa kuitenkin. Sain tosin siihen paljon tukea ja ohjausta. Fysioterapeutti kävi neuvomassa käsittelyohjeita. Puhuin paljon kätilöiden kanssa ja se auttoi.

Yksi iso tekijä itkuisuuteeni oli se, kun en saanutkaan imettää vaikka niin oli alussa luvattu minulle. Lopulta sain kuulla, etten lääkitykseni takia saisi kauaa imettää. Maitokaan ei lähtenyt lääkkeen takia nousuun. Mun piti siis luopua ajatuksesta imettää. Se oli kova pala minulle. Olin jo suunnitellut kaiken valmiiksi. Ostanut imetysliivejä ja imetystoppeja. Nyt kirjoittaessani palaan niihin tunteisiin uudelleen. Kun läheisyydestä ja kiintymyksestä imetyksen muodossa siirtyy pulloruokintaan. Ei kai se kenellekään ole helppo pala niellä. Tuntui, kuin vauva olisi yhtäkkiä ollut kauempana ja etääntynyt minusta. Se satutti. En saanut enää sitä tunnetta minkä olin jo ehtinyt saada. Mietin toipuisinko siitä koskaan. Onneksi kuitenkin aika auttoi ja nyt asiaa on helpompi jo katsoa ja ymmärtää tämän olleen ainut ja oikea ratkaisu.

Myös kotona on tapahtunut kaikenlaista. Olemme käyneet vaunuttelemassa päivittäin. Vauva on ollut lattialla ja alkanut jo nostaa päätään. Hän hymyilee paljon ja on muuten tosi rauhallinen pakkaus. Vähän hänelle tuli mahavaivoja tavallisista tuttipulloista, mutta kun vaihdoimme koliikkipulloihin niin oireet alkoivat helpottaa. Yöt vauva nukkuu hyvin. Alussa minulla oli tosin univelkaa kolmelta viikolta ennen kuin opin itse vauvan rytmiin. Energiajuomia on kulunut paljon. Niitähän saan nyt juoda hyvillä mielin, kun en imetä. Vauva juo pullosta ja isäkin saa välillä syöttää. Toimimme hyvin tiiminä jossa vuorottelemme "työnjaossa". Kaikki sujuu todellakin paremmin kuin odotin. Terapiani jatkuu kotikäynteinä ja lääkitykseen lisättiin masennuslääke, ettei uupumukseni pahenisi. Tunnen siitä olleen hyötyä. Välillä on siltikin ollut vaikeampia päiviä, mutta niistä oon selvinnyt. Olen päättänyt, että mun elämä muuttui nyt. Kaikki se rankka menneisyys on menneisyyttä. Eikä se enää toistu. Vaikka muhun ei uskota siinä asiassa niin uskon itse itseeni, eikö se ole tärkeintä?"

Olin tehnyt päätöksen muutoksesta ja mun päätös pitää. Mä aioin keskittyä vauvaan ja hänen hyvinvointiinsa. Hän oli minulle ykkönen, se jonka vuoksi taistella, eikä koskaan luovuttaa.

08.06.2018

"En tiedä mistä aloittaa. Vaikka siitä, että mun pieni tyttö täytti tänään kaksi kuukautta. Enkä ollut kotona juhlistamassa... Menin aamulla päivystykseen, koska en enää uskaltanut jäädä kotiin. Meinasin satuttaa itseäni, meinasin päättää kaiken. Mutta sain tilanteen vielä hallittua. Myöhemmin tänään menin osastolle omasta pyynnöstäni, koska en luottanut enää itseeni. Saan kuulemma olla täällä muutaman päivän.

Koen epäonnituneisuutta. Ei mulla saa mennä huonosti. En ollut uskaltanut puhua aiemmin. Häpeän tätä, munhan pitäisi olla onnellinen vaikka pohjimmiltaan toki olenkin. Nyt täällä mua ahdistaa olla niin kaukana mun pikkusesta. En ole pystynyt juurikaan syömään. Mulla on niin ikävä.

Muuta mitä on tapahtunut niin tyttö on kastettu viikko sitten. Tyttö on ollut ensi kertaa yökylässä ja on ollut mökkeilemässäkin. Meillä on ollut hyviä hetkiä. Tyttö tykkää olla paljon sylissä ja vihaa sitterissä istumista, samoin kuin vihaa myös kantoliinaakin. Mahallaan hän on kova potkimaan ja nostelemaan päätään. Jokelteleekin jo hieman. Huomenna olisi lastenlääkärille aika jonne mun mies menee yhdessä tytön kanssa. Harmittaa, kun en pääse sinnekään mukaan. No niin kuin mun oma äitini sanoi, että kotona ehtii olla. Nyt mun on hoidettava oma mieli kuntoon ja levättävä hyvin."

Kukaan ei koskaan todennut sitä, että mulla oli raskauden jälkeinen masennus.

Pyysin masennuslääkettä ja sain saman lääkkeen mitä mulla oli joskus jo kokeiltu, mikä ei mua auttanut silloinkaan. Mutta psykiatri ajatteli josko se auttaisi tällä kertaa minua. Mutta ei, ei se auttanut vaan pahensi. Olisipa hän silloin antanut jonkun uuden lääkkeen kokeiltavaksi, se olisi voinut auttaa minua.

Yritin parhaani, mutta se ei ollut tarpeeksi. Lastensuojeluilmoituksia kertyi 8 kappaletta...

Osa oli minusta tehtyjä, osa lapsen isästä. Lastensuojelu ei voinut enää katsoa tätä tilannetta. Niin meille tuli ensin kodinhoitaja. Lopulta kodinhoitaja kävi joka toinen arkipäivä, koska lapsen isä oli sitä toivonut. Meillä oli siinä myös muutto toiseen isompaan asuntoon missä lapsellekin oli oma huone. Ostin sinne jopa valmiiksi muumi-lastensängyn ja laitoin vihreät muumiverhot ikkunaan. Samat mitkä oli mulla olleet, kun olin pieni. Kaikki hänen lelunsakin olivat siellä järjestyksessä ja upouusi puinen lelukaari, jonka alle oli levitetty peitto. Lapseni oli niin hyvä olla siellä. Koti oli järjestyksessä, paitsi lapsen isän jäljiltä oli välillä sotkua. Sillä hänkin masentui synnytykseni jälkeen. Hän oli vaan makuuhuoneessa päivät pitkät ja minä hoidin lastamme yksin, vaikka olin itsekin loppu.

Riitelimme välillä, sanoimme toisistamme pahasti, mutta annoimme anteeksi. Sinä mietit minun menneitä tekojani vieläkin, et voinut vain unohtaa. Kodinhoitajat olivat ihan mukavia. Tulimme hyvin toimeen. Ilman välikohtausta mieheni kanssa kodinhoito olisi varmasti jatkunut, eikä olisi tarvinnut lisätoimia.

Meillä oli meidän hyvät hetket ja sitten oli ne huonot. Vaunuttelimme yhdessä, kävimme rannalla ja eväsretkellä, ystäväkin oli siellä mukana. Muistan, kun lapseni pulklasi maidot ystäväni, hänen kumminsa housuille hienossa kaaressa niin, että hän joutui mennä mereen peseytymään. Voi, kun meillä oli hauskaa yhdessä. Mutta mihin se hauskuus yhtäkkiä katosi? Yhtäkkiä kaikki oli vaan harmaata massaa, jossa kahlattiin eteenpäin. Pelkkää tylsää arkea ilman valonpilkahduksia. Kaipasin sitä iloa, kaipasin onnellista perhettä, sitä mitä en koskan enää saanut...

Kaikki tapahtui niin äkkiä. Tapahtuma lähti siitä, kun olimme tavallisesti kotona syömässä. Meillä oli Pirkan salaattia jossa oli vielä päiväystä jäljellä, mutta huomasin sen olevan silti pilalla. Siinä samassa heitin haarukkani tiskialtaaseen, en kovaa vaan pudottaen. Sitten mieheni otti voiveitsen ja heitti sen tiskialtaaseen niin kovaa, että lautanen tiskialtaassa hajosi. Hän huusi, ettei saa paiskoa, vaikka itse paiskoi. Minä puolestani sanoin, että hiljaa vauva herää. Siihen hän huusi, että hän saa kyllä pitää meteliä tai jotain sinne päin. Hän meni makkariin ja paiskautti oven lujaa kiinni. Sitten mä menin perässä, ohitin hänet ja sanoin, että mene kauemmas ja työnsin häntä jalalla, koska mua pelotti. Sen jälkeen mieheni pisti minut ovea vasten ja otti molemmin käsin minua kiinni kaulalta. Mä pelkäsin ja jähmetyin. Lopulta hän päästi irti ja meni sekavaan tilaan. Huomasin, kun hän etsi keittiöveistä. Minä aloin pakkaamaan tavaroita nopeasti vain kaikki välttämättömät jutut. Onneksi vauvani oli nukkunut koko riitelyn ajan vaunuissa. Minun oli helppo lähteä siitä. Muistan miten itkin, itkin niin kovaa, etten varmaan koskaan ole itkenyt niin. Soitin ensi ystävälle ihan paniikissa ja kerroin. Sitten mun oli pakko soittaa hätäkeskukseen, sillä olin huolissani miehestäni. Pelkäsin, että hän on tehnyt itselleen jotain. Sen jälkeen soitin vielä vanhemmilleni ja sanoin käveleväni vauvani kanssa sinne. Isäni sanoi tulevansa pyörällä mua vastaan. Itkin vaan. Eikä itkusta meinannut tulla loppua. Olin niin rikki.

Kukaan ei oikeasti tajunnut miten rikki olin, miten hajoan aina jos ihmissuhde päättyy. Mä olen kiintynyt liikaa ihmisiin se on se ongelma. En vaan osannut päästää irti vaikka olisin halunnut. Ex-miehenihän väitti minun pahoinpidelleen, vaikka se ei ollut totta. Näin missä tilassa hän oli ja hän joutuikin hyvin pian psykiatrian osastolle sen jälkeen. Ehkä hän meni sekaisin, vaikka hän väittää minun seonneen. Sana sanaa vastaan, se ei vaan toimi. Haluaisin vain tietää onko hän vieläkin sitä mieltä, että kaikki oli mun syytä.

Tämän jälkeen meillä oli kiireesti lastensuojelun kanssa iso palaveri jossa oli mukana neuvola, minun terapeutti, minun vanhempani, lastensuojelun työntekijät, lapsen isä ja joku henkilö turvatalolta. Lastensuojelun työntekijät sanoivat, että nyt on vaan kaksi vaihtoehtoa. Joko sijoitus tai perhekuntoutus...

17.09.2018

"Et enää osaa olla äiti, tuntuu ettet ole enää mitään. Vain pelkkä rikkinäinen eronnut ihminen. Kaikki on raskasta, lapsenhoito ja hengittäminenkin. Mietit itseksesi miten sä jaksat tän kaiken keskellä...

Pääsimme (jouduimme) perhekuntoutukseen pienen kanssa. Sekin on itsessäänkin ollut raskasta. Erosta on jo yli kuukausi, silti hajoilen vieläkin. Mä oon yksin nyt vauvan kanssa, neljäkuisen kanssa, miten mä jaksan? Rehellinen vastaus on etten tiedä. En enää tiedä. Yksin on niin vaikea olla.

Pikkunen on kehittynyt huimasti. Eilen löytyi omat kädet ja istumaan olisi pakko päästä koko ajan. Pörinä ääni on myös uusi jännittävä juttu.

Täällä kuntoutuksessa olemme nyt kolmekuukautta. Mua ahdistaa olla täällä. Mutta pakko tämä oli, kun toinen vaihtoehto oli sijoitus. Halusin tottakai mielummin itse huoletia pienestäni."

Mun on aina ollut vaikeaa olla yksin. Muutenkin oli ollut riitainen ero. Eikä sitä ymmärretty. En saanut siihen oikeanlaista tukea. Toinen oli se, kun olin kuitenkin vieraalla paikkakunnalla ja mun kaikki läheiset olivat kaukana. Sekin tuntui liian pahalta. Yritin puhua siitä ja sainkin puhuttua. Terapeutti siellä ei osannut auttaa. Mulle sanottiin siellä suoraan, etteivät he tiedä tällaisista ongelmista mitään, ettei heillä ole osaamista. Mutta he kuulemma lupasivat yrittää auttaa. Mun ongelma oli vaihteleva mieliala ja huono vuorovaikutus lapseeni. Vuorovaikutus parani paljon perhekuntoutuksen aikana ja henkilökunta siellä huomasi myös sen. Minusta ja lapsestani otettiin video jossa katsottiin miten vuorovaikutus meillä toimii. Siinä ei kuulemma ollut mitään vikaa. En tajua mistä he olivat siinä huolissaan. Neuvolasta se huoli oli tullut.

Mutta eivätkö he ymmärrä sitä, että vieraiden ihmisten edessä on vaikea olla luonnollisesti.

Minua ainakin ahdisti aina kaikki neuvolakäynnit, kun ihmiset katsovat mitä teen ja miten.

Perhekuntoutuksessa oli ihan mukavaakin. Pääsin käymään tallilla hoitamassa hevosta, pääsin jopa käymään sen selässäkin. Olisin myöhemmin pääsyt ratsastamaankin. Sain myös käydä kampaajalla ja leikkautin ja värjäsin hiukset. Kävin myös vauvani kanssa vauvauinnissa joka perjantai. Sekin oli todella mukavaa. Mulla oli mukava ohjaaja siellä, hän ymmärsi minua ja olisi halunnut auttaa meitä. Mun olisi pitänyt vain pyytää rohkeammin apua. Mun avunhuuto meni siihen, että mä viilsin kerran ja jouduin tikattavaksi keskellä yötä. Vauva ei jäänyt heitteille vaan tuli mukaan. Nukkui kaukalossa, kunnes nostin hänet viereeni sairaalasängylle. Itkin, olin niin pahoillani. Tiesin, ettei tämä saisi enää jatkua. Mutta en mahtanut mitään pahalle ololleni.

Pyysin lääkemuutoksia, lääkenostoja, mutta niitä ei tehty, vaikka olin romahtamispisteessä.

Olin niin lopussa, että halusin vaan kuolla, koska en kestänyt oloani. Lastensuojelu työntekijät katsoivat tämän vielä, mutta eivät sitä, kun seuraavan kerran olin laittanut viestiä siitä, etten jaksa enää elää. Siitä peli vihellettiin poikki, vaikken tehnyt mitään.

Minulle on väitetty, että perhekuntoutus keskeytyi toistuvan itsetuhoisuuden takia. Vaikka totuus oli, että se oli kerran ja toinen niistä oli avunhuuto, enkä ollut edes tekemässä itselleni mitään.

En ymmärrä aina lastensuojelun työntekijöitä. Mistä he saavat näitä asoita paperille ja miten heillä on näinkin paljon valtaa asioissa.

18.02.2019

"En ole kirjoitellut hetkeen, en ole pystynyt. Menin pilaamaan kaiken ja syytän siitä itseäni vieläkin. Mun lapsi vietiin multa. Sitä en anna itselleni anteeksi.

Olimme siis perhekuntoutuksessa, mutta se ei onnistunut. En kyennyt kestämään pahaa oloani ja yksinäisyydentunnetta. Sossut päättivät keskeyttää perhekuntoutuksen ja päättivät myös, että lapseni lähtee minulta isovanhemmilleen.

Tämä on ollut minulle kova isku. Isku vasten kasvoja. Olen joutunut katsomaan peiliin ja sanomaan itselleni rumasti. Olen vihannut itseäni niin paljon. Varsinkin sitä miksen ottanut apua vastaan, siis oikeasti.

Lapseni on ollut pian neljä kuukautta sijoitettuna. Ja minä olen yrittänyt saada elämääni kuntoon. Vaikeaa se on ollut ilman hänen nauruaan ja läsnäoloaan. Kaikki on tuntunut niin tyhjältä ja merkityksettömältä. Pelkään todellakin sitä, että en saa lastani koskaan takaisin. Se ajatus saa minut voimaan huonosti.

Yritän kaikesta huolimatta, vaikka romahdan vähän väliä. En saisi romahtaa enää. Pitäisi olla tasaista, että voisin saada lapsen takaisin. En tiedä vaan onko se koskaan mahdollista, koska sairastan kaksisuuntaista mielialahäiriötä. Oikealla lääkityksellä siitä ehkä saisi tasaista, mutta en jaksa enää uskoa parempaan. Ainakaan tällä hetkellä. Ehkä joskus taas, kun vointi on parempi."

11.03.2019

"Romahduksesta selvitty, tie kuopasta ylös kahlattu. Nyt olo tuntuu taas vahvalta ja päätin nyt tosissani, että vanha elämä jää taakseni. Tuntuu, että olen ollut niin itsekäs, ajatellut vaan omaa etuani ja satuttanut omilla teoillani muita, varsinkin mun lastani. Sille on tultava piste, muutos viimeinkin. Nyt kun mulla on voimia tähän.

Koen nyt, että olen päässyt yli erosta lapsen isään, vaikka välillä väistämättä hän tunkeutuu uniini.

Masennus on väistynyt, kiitos uuden lääkkeen. Ehkä välillä kävi hiukan ylikierroksilla, mutta sekin on jo tasaantunut, onneksi. Olen myös "päässyt yli" ehkä pikemminkin hyväksynyt sen, että lapseni ei asu nyt kanssani. Siihen meni se yli puoli vuotta.

En hyväksynyt huostaanottoa vaan kielsin sen, koska se tuntui oikealta. Ratkaisun jälkeen mulle tuli tosi kevyt olo siitä tiesin tehneeni oikean valinnan. Ehdotin vaihtoehtona tukiperhettä tai toista perhekuntoutusjaksoa, mutta en tiedä yhtään mitä tuleman pitää, kun se menee hallinto-oikeuteen käsiteltäväksi. Yritän nyt olla ajattelematta sitä ja panostaa toipumiseen sillä koko tää aika puolesta vuodesta vuoteen vaikuttaa myöskin ja jos on mennyt hyvin niin se on vaan mun eduksi.

Tiedän viimein mitä tahdon. En tahdo olla yksin. Tahdon lapseni luokseni niin en koskaan ole yksin. Kiitos ystävän tämän viimein ymmärsin."

Kun lapseni on luonani, niin en ole koskaan yksin.

Nyt tuntuu kuin minusta olisi iso pala pois. Jokainen asiointi lastensuojelun kanssa romuttaa mua aina lisää. Siitä saan aina sen vahvistuksen, ettei lapseni ole täällä kanssani. Se satuttaa.

Kantanut oon sua liki yhdeksän kuukautta. Rakastanut oon sua ensi hetkistä lähtien. En voi olla nyt surematta. Kun mä luotasi pakotettuna lähden. Sun kanssa oon ehjempi, mulla on tarkoitus. Tuntuu kuin en olisi enää äiti, elän vaan täs surus. Tää oli mun virhe, anna anteeksi. Nyt kasvoilla surullinen ilme, itken nyt itkuni. Ikävöin kovaa, raskastan sua niin lujaa. Anteeksi pieni...

Luku 4. Etä-äiti – Huono äiti?

Perhekuntoutuksen keskeytyminen hajotti minut tuhansiksi sirpaleiksi. Muistan kuinka se sai minut masentumaan lisää ja ensin menettämään toivoni. Ystäväni syyllisti minua ja hoki: "Mitäs minä sanoin, miksi menit mokaamaan." Kukaan ei ymmärtänyt miksi se moka sattui. Miksi hajosin oikeasti. Olisin halunnut pitää lastani kauemman kuin sen 5kk mitä hän sai olla kanssani. Tuntui väärältä, että hänet vietiin minulta. Nimenomaan vietiin. En kokenut lastensuojelun toiminnassa mitään hyvää. No, ainut hyvä puoli oli se, että lapseni sijoitettiin isovanhemmilleen (minun vanhemmilleni).

Mutta heti lyötiin lukkoon "pitkäaikainen sijoitus" Kysymys minussa heräsi miksi? Miksi pitkäaikainen? Kuin minulle ei olisi annettu edes mahdollisuutta enää.

Minulle ei jätetty enää vaihtoehtoja kuin vain kestää etä-äitiyteni ja kärsiä virheistäni. Niinhän se elämässä aina meni. Kärsi, kärsi ja kärsi... Perustin whatsappiryhmän, johon liittyi muitakin etä-äitejä, joilla myös oli mielenterveysongelmia. Siellä sain tukea, siellä pystyin avautua, se auttoi minua. Tiesin, etten ollut yksin tässä tilanteessa. Sain kuulla muidenkin kokemuksia huostaanotosta ja lastensuojelusta. Se katkeroitti minua vain lisää. Kaikessa oli niin paljon epäoikeudenmukaisuutta.

Jäin miettimään miksi meitä mielenterveysongelmaisia kohdeltiin näin. Mietin miksi me olimme se pahin kasti lapsen saaneista ihmisistä.

Miksi jopa vankilassa olleet tappajat saivat pitää lapsensa? Olin kuullut yhden sellaisenkin tapauksen. Ja miksi jopa huumeita käyttävät saivat usein olla äitejä, miksei heiltä viety lapsia pois niin kuin meiltä mielenterveysongelmista kärsiviltä? Miksi elämä oli vieläkin meitä kohtaan näin tuomitseva ja ennakkoluuloinen? Me olimme yhä yhteiskunnan häpeäpilkku. Se ei vaan muuttunut, vaikka kuinka nykyään puhuttiinkin enemmän ja tuotiin asioita julki.

Siltikin mielenterveysongelmat olivat iso tabu, mutta vielä isompi tabu oli kuitenkin etä-äitiys.

Minä en välittänyt tabuista, vaan aloin tuoda etä-äitiyttäni julki heti, kun minusta tuli sellainen. Ensin kirjoitin siitä blogiini ja myöhemmin aloin tuomaan asiaa esiin instagramissa. Kerroin myös paljon tilanteestani toukokuiset 2018- facebook ryhmässä. Minä päätin, etten halunnut piilotella. En jaksanut hävetä itseäni, enkä ongelmiani. Halusin myös olla tukena muille etä-äideille kertomalla heille minun tilanteestani avoimesti. Sainkin paljon kommentteja siitä, että olin rohkea kertoessani näistä vaietuista asioista. Otin kommentin hyvillä mielin vastaan, myös ne negatiiviset joita tuli kuitenkin jonkin verran. Yleensä kuitenkin palaute oli asiallista ja siihen oli helppo vastata. Etä-äitiys ja etä-vanhemmuus koskettavat monia meistä, sillä

vuosittain yhä enemmän lapsia otetaan huostaan.
Mietin miksi? Miksi meitä vanhempia ei osata tukea
oikealla tavalla? Miksi meille ei anneta kaikkea sitä
tukea mitä olisi mahdollista saada? Miksi
luovutetaan liian aikaisin ja päädytään siihen
viimeiseen ratkaisuun, mikä satuttaa lasta ja
vanhempaa ja saa aikaan ikuiset jäljet? Jos joku
väittää, ettei lapsi kärsi huostaanotosta niin hän on
väärässä.

**Lapsi oireilee aina, kun hänet viedään pois
biologisilta vanhemmiltaan.**

**Äiti tarvii lastaan ja lapsi äitiään. Ei sitä
mikään muuta.**

Esimerkiksi minun lapseni oireili ikävää ja
itkuisuutena. Myös kävelemään oppiminen viivästyi.
Tämäkö oli parasta lapselleni? Miksei minulle
annettu mahdollisuutta perhetyöhön tai
tukiperheeseen? Miksen saanut sitä toista
perhekuntoutusjaksoa, joka minun olisi kuulunut
halutessani saada? Ei minulta edes kysytty
haluamistani. Minulta ei kysytty mitään. Niin monet
asiatkin tehtiin vain selkäni takana ja tehdään
edelleen.

Mielessäni on usein paljon kysymyksiä, joihin
kukaan ei anna vastauksia. Kesällä yhdessä
lastensuojelupalaverissa sain kuulla ihmeellisen

jutun, minkä myöhemmin sosiaalityöntekijä kielsi sanoneensa.

Hän nimittäin sanoi, ettei lapsen ja äidin välistä vuorovaikutusta pidä pitää yllä. Vaan pitää turvata sijaisvanhempien ja lapsen välinen vuorovaikutussuhde.

Siihen perustaen hän vähensi minun ja lapseni välisiä tapaamisia kolmesta päivästä viikossa, yhdeksästä tunnista kahteen päivään kahdeksaan tuntiin. Hän meinasi vähentää ensin tapaamiset yhteensä kuuteen tuntiin, mutta sanoin itse ettei se riitä. Toinen syy tapaamisten tuntimäärien vähentymiseen oli se, että lapseni oli aloittamassa päivähoidon ja olisi sosiaalityöntekijän mukaan niin väsynyt, ettei jaksaisi nähdä minua niin kauaa hoitopäivän jälkeen. Minusta tämä kaikki oli pöyristyttävää kuultavaa. Tässä kohtaa en voinut käsittää lastensuojelun sanomisia, en sitten yhtään.

Kyyneleet kun mä tuun, kyyneleet kun mä lähden. Teen mitä vaan sun tähden. Et oltais yhes aina. Ei vain joka lauantaina. Äidin rakas, tuu kotiin takas.

Lastensuojelun työntekijät antoivat kuitenkin joskus hyviäkin asioita. Esimerkiksi koko jouluaaton sain viettää lapseni kanssa. Muistan miten meillä oli ihana joulu. Olin ostanut lapselleni joulupallon missä luki "Baby's first Christmas", pallo oli vaaleanpunainen. Annoin sen lapselleni käteen ja hän katsoi sitä tarkkaavaisesti. Otin kuvan siitä hetkestä. Tahdoin ikuistaa mahdollisimman paljon muistoja hänen ensi joulustaan. Isänikin otti kuvia muun muassa siitä, kun minä koristelin lapsi sylissäni joulukuusta. Halusin, että lapsenikin saa katsoa kauniita heijastuspintaisia joulupalloja, joista hän kyllä pitikin. Hän keskittyikin enemmän niinhin kuin kuusen koristeluun. Vanhempani antoivat minun hoitaa lastani, mutta valvoivat silti tekemisiäni ja opastivat jos tarvitsin apua. Olin ostanut lapselleni kahdeksan joululahjaa, vaikka lapseni ei vielä osannut avata paketteja. Hän raivostui, kun ne eivät auenneetkaan niin helposti kuin hän olisi halunnut. Onneksi äiti (minä) auttoi saamaan paketit auki.

Vietimme siis perhejoulua niin kuin aina ennenkin. Se tuntui hyvältä.

Mutta joka kerta, kun näin lastani niin ajattelin liikaa sitä hetkeä, kun jouduin lähtemään ja hylkäämään hänet sinne.

Kaiken kauneuden keskellä mä kaipaan jo sua

Niitä sanojas vierelläni aamulla

Meidän välissä on pian liikaa kilometrejä

Mut tätä on elämä

Joka meidät vielä tuo yhteen

Ennen kuin ehdin laskee ees kymmeneen

Tiedän sen

Sä vielä tiedät sen

Välillä lastensuojelutyöntekijät antoivat minun myös käydä yhdessä minun vanhempieni kanssa heidän mökillään. Sain jopa olla yhden yönkin lapseni kanssa. Nämä hetket olivat niitä harvinaisuuksia paljon etukäteen sovittuja juttuja, joista nautin paljon. Välillä lapseni sai myös tulla sovitusti käymään minun luonani. Hän sai näin tottua koiriin ja kissoihin. Kaikkein parasta olivat juuri ne hetket, kun saimme olla ihan kahdestaan.

Voi kuinka päivät vierii

Ja sinä kasvat

Ei oo aikaa suruun jäädä kierii

Äidistä teet vielä vahvan

Lapseni syntymäpäivät sain myös tietenkin viettää yhdessä hänen kanssaan. Silloin oli kakku ja koko pöytä koreana. Koristeina oli numero 1-foliopallo, muita koristeita ei harmikseni ollut. Vieraitakin oli. Kaksi ystävääni ja heidän lapset ja tietenkin lapseni kummi. Toinen kummi ei silloin päässyt paikalle, vaikka olisi tahtonutkin. Yksi ystävistäni oli saanut melkein samaan aikaan lapsen. Minun ja hänen lapsellaan oli vain 5 päivää ikäeroa. Olimme yhtä aikaa synnyttäneiden osastollakin. Päätimme silloin, että aiomme tavata usein, että lapsemme saavat tutustua toisiinsa jo pienestä pitäen. Niin ei kuitenkaan käynyt... Mutta kuitenkin hän oli siis siellä. Myös toinen ystäväni oli saanut hiljattain vauvan ja oli tietysti hänen kanssaan syntymäpäivillä. Ystäväni piti minua niin tärkeänä, että oli halunnut minut mukaansa synnytykseensä. Siitä olin kiitollinen. Hänkin halusi, että meidän vajaa vuoden ikäerolla olevat lapset saisivat tutustua

toisiinsa ja, että viettäisimme aikaa neljästään.
Sekään ei toteutunut...

Hänen lapsellaan oli kaunis valkoinen mekko
päällään lapseni juhlissa. Kakkupöydässä puhalsin
kynttilän yhdessä lapseni kanssa. Sitten avasimme
lahjoja. Olin ostanut lapselleni leikkipuhelimen
lahjaksi. Hän sai myös ensikengät, nuppipalapelin,
prinsessapyyhkeen ja palikkalaatikon. Lapseni jaksoi
koko juhlien ajan. Hän oli niin reipas. Oli ihana katsoa
hänen ja ystäväni lapsen touhuja. Molemmilla oli
vielä niin omat jutut ja leikit. Hehän olivat vasta niin
pieniä, yksivuotiaita. Myöhemmin järjestimme vielä
yhteissyntymäpäivät heille, joihin lastensuojelu
suostui. Tein juhliin paprikajunan, jossa oli kyydissä
kurkkuja ja porkkanoita. Ystäväni oli tehnyt lapsille
soveltuvia mustikkamuffinsseja. Lapseni tykkäsi
todella paljon ystäväni lapsen nukesta ja
nukensängystä. Hän hoiti nukkevauvaa hellästi.
Ystävälläni oli myös pallomeri, jossa molemmat
istuivat ja heittelivät palloja. Saimme heistä ihania
kuvia. Hetken leikkimisen jälkeen, menime lastemme
kanssa ulos jatkamaan leikkejä. Seuraavaksi kivaksi
jutuksi kehittyi hiekkalaatikkoleikit. Kun lapseni keksi
hiekan käsissään niin häntä ei pidätellyt enää
mikään. Hän otti hiekkaa käsiisä ja valutti sitä hiljaa
pois uudestaan ja uudestaan. Sitten hän keksi pienen
liukumäen, joka laski hiekkalaatikkoon. Nostin
lapseni varovasti liukumäkeen, pidin kiinni ja lasketin
hänet mäestä. Emme kuitenkaan ehtineet olla ulkona
kauaa, kun minun äitini tuli hakemaan meitä autolla.
Ehdimme kuitenkin keinua ennen sitä. Lapseni piti

hirveästi vauvakeinuilusta. Hän oli oikea hurjapää jo silloin, niin kuin hän on edelleenkin.

Pienistä ilon hetkistä

Naurusta ja hymyistä

Sanoista äiti

Oot aina mun onneni

Ei rakkaampaa voi toivoa

Kun mulla on sut mulla on kaikkea

Oot mun maailmani

Mun ainoa rakas lapseni

Paljon hyvää mahtui etä-äitiyteenkin. Sainhan kuitenkin nähdä lapseni kasvavan ja kuulevan hänen sanovan äiti ja hymyilevän minulle.

Tiesin, että hän tiesi kuka minä olin. Se on kuitenkin meidän luontoamme. Me tiedämme aina keitä meidän vanhempamme ovat.

Vaikka minun ja vanhempieni välit ovatkin nyt viilentyneet... Sen aiheutti lastensuojelun työntekijät, koska minun ja lapseni tapaamiset rajoitettiin tiettyihin päiviin ja kellonaikoihin. Muuten minulla ei ollut asiaa edes käymään lapsuudenkotonani, sillä muutenhan olisin vahingossa nähnyt lapseni ja se ei heidän mukaansa ollut lapselle hyväksi jos hän sijoituksessa ollessaan näkisi liikaa biologista vanhempaansa. He kai ajattelivat sen niin, ettei lapseni muuten kiintyisi isovanhempiinsa tai, että hän kaipaisi liikaa minun perääni lähdettyäni.

Mutta kyllä minun äitini on sanonut, että lapseni on itkuinen aina loppu illan sen jälkeen, kun olen hänen luotaan lähtenyt. Kyllä lapseni kaipaa minua, ei kukaan sitä voi kieltää.

Hoitotahoni ei ymmärtänyt tätä kieltoa, miksen saisi mennä omaan lapsuudenkotiini silloin, kun itse sitä halusin. Lastensuojelulle se ei silti vain käynyt... Minua harmittaa paljon se, etten enää pääse yhdessä lapsuuden perheeni kanssa retkille, ulkomaille, enkä oikein mihinkään, koska sittenhän lapseni altistuisi minun läsnäololleni. Se on hänelle kuulemma niin huonoksi.

Lastensuojelu vei minulta lapsuuden perheeni, meidän läheiset välit, meidän yhteiset hetket, sen kaiken mikä oli minulle ollut niin tärkeää ja voimaannuttavaa.

Nyt minun piti elää vain ilman perhettäni. Ilman sitä isoa tukea, koska enhän mä saanut lastensuojelun mukaan edes soittaa pahasta olostani heille. Se oli kiellettyä, sillä he eivät saanet keskittyä enää minuun vaan heidän piti keskittyä vain minun lapseeni. En tiedä oliko vanhempiani kielletty muutenkin soittelemasta kanssani, sillä he eivät enää koskaan soittaneet ja kyselleet vointiani. He pelkäsivät kysyä sitä, minä tiesin. He pelkäsivät lastensuojelua. Minäkin pelkäsin.

Meidän kaikkien piti vain sopeutua, koska lastensuojelu oli niin päättänyt. Se ei ollut meille kenellekään helppoa. Minun isäni sanoi, että hänen on ainakin ollut vaikea ymmärtää sitä, etteivät he saa edes puollustaa minua, vaan heidän tulee olla lastensuojelun työntekijöiden kanssa samaa mieltä kaikessa. Mikä on minusta väärin. Sillä eikö jokaisella meillä ole oikeus olla eri mieltä asioissa. Miksi silloin pitäisi vaan myötäillä toista, jos ei ole sama mieltä?

Miksi se on heti lastensuojelun vastustamista, jos sanoo, että viranomainen on tehnyt virheen? Emmekö me kaikki ole erehtyväisiä ja voimme tehdä virheitä? Ei kukaan meistä ole täydellinen, ei kukaan, eikä sitä voi meiltä olettaakkaan. Vaikka olisi kuinka viranomainen niin ei hänkään aina voi olla oikeassa. Eihän kukaan meistä ole. Tärkeintä on kuitenkin se, että virheet myöntää, eikä vain väitä olleensa oikeassa.

Moni asia on ihmetyttänyt minua. Haluan tuoda ajatukseni julki. Haluan, että muutkin tietävät näitä asioita, joita olen kokenut. Haluan tuoda esiin etä-äitiyden ja siihen liittyviä omia kokemuksiani ja tuntemuksiani. Sillä mikään asia ei ole niin paha, ettei siitä voisi puhua ja pitääkin puhua, ettei jäisi yksin vellomaan niihin. Sillä yksin miettiminen pahentaa asioita, olen itse sen oppinut kantapään kautta.

Ilman tukea, läheisiä ja ystäviä en olisi selvinnyt. Olen kiitollinen teistä kaikista.

Moni on sanonut, että uskoo minuun. Moni sanoo, että tulen saamaan vielä lapseni takaisin kotiin. He uskovat siihen, että mä voitan taistelun mun mielen sisäisiä mörköjä vastaan. He uskoivat

siihen. Minä olen vahvistunut. Olen vahvempi kuin
sosiaalityöntekijät uskovatkaan. Mä en aio luovuttaa.

Vuokses tekisin mitä vain. Mulla on onni kun sut
sain. Nyt sen tajuan. Et kaiken näin kadotan. Mun
täytyy muuttaa suunta. Tää
rakkaus on niin suurta. Ja se voittaa kaiken
pahuuden. Päätöstä tätä kadu en.

Oot mun tähti taivaalla. Niin lähellä mut
kaukana. Kaunis mut täällä. Vuokes taistelen täällä.

Rakkaimman tähden teen vuoksi mitä vaan.
Tuon luokses vaikka iltatähden, sua rakastan
ainiaan.

Taivaalt putoo tähdet

Minä tulen sinä lähdet

Ja sitten sinä tulet

Ja minä lähden

Niin kuin tähdet

Koskaan kokonaan en lähde

Luku 4. Kipeitä päätöksiä

Minun on aina ollut vaikea tehdä päätöksiä. Yleensä päätöksenteko kestää kauan, mutta taas joskus teen päätöksiä liiankin pikaisesti eli toimin impulsiivisesti. Ilmpulsiivisuuttani olen saanut kuitenkin paljon hallintaan ja olen myös alkanut ajattelemaan "mitä tästä seuraisi". Tunteet eivät siis niin usein ota enää valtaa kuin joskus aiemmin menneisyydessäni. Onneksi olen oppinut tuntemaan itseni, omat heikkouteni ja vahvuuteni. Olen myös alkanut arvostamaan itseäni ja olen saanut itsetuntoni takaisin.

Iso päätös, jonka tein oli kesällä 2018. Tein sen poikaystäväni takia. Se iso päätös oli se, että muutin toiselle paikkakunnalle. Ison asian siitä teki se, että se paikkakunta oli kaukana lapseni sijoituspaikasta. Minulla oli siis neljän tunnin matka aina, kun halusin nähdä lastani. Mutta olin päättänyt silti, etten hylkäisi lastani. Lapseni isä ei ollut nähnyt lastaan vuoteen ja se satutti minua. En itse halunnut tehdä samoin, että vaan häipyisin lapseni elämästä, vaikka muutinkin. Se mikä oli ikävää muutossani oli se, etten nyt nähnyt lastani niin usein oman rahatilanteeni vuoksi. Näin siis lastani joka toinen viikonloppu ja sain olla yhden vuorokauden hänen kanssaan. Muutolle oli myös se syy, että halusin mennä opiskelemaan ja ajattelin, että etelässä voisin ainakin päästä. Poikaystäväni, nykyinen kihlattuni ajatteli menevänsä siellä töihin. Kaikki meni hyvin, saimme asunnon, hain kouluihin ja hän sai melkein heti töitä. Kaikki näytti siis oikein hyvältä. Aloitin terapian, sain hyvän lääkitysmuutoksen, joka vaikutti elämääni niin paljon, että olen voinut nyt todella hyvin. Olen siitä kiitollinen sille psykiatrille, joka kuunteli minua ja oikeasti auttoi. Aloitin myös yhdessä kuntouttavassa ryhmässä, jossa oli muitakin mielenterveyskuntoutujia. Ryhmässä leivoimme, pelasimme ja teimme retkiä. En ehtinyt olla kauaa ryhmässä, koska elämäni muuttui taas... Kihlattuni työt loppuivat, asunnossa oli huono sisäilma ja halusin vaan takaisin lähemmäksi lastani. Joten pakkasimme kimpsut ja kampsut ja muutimme takaisin pohjoisempaan. Tämä muutto oli vain harhaaskel, joka kuitenkin täytyi tehdä. Siellä minä opin viimein sen mikä on tärkeintä. Opin elämään. Uskon, että ilman tuota muuttoa kauaksi en olisi nähnyt näinkin yksinkertaista asiaa. En olisi nähny sitä, että minun täytyy elää.

Päätin, että teen kaikkeni lapseni takia. Ihan kaiken. Päätin, että saan hänet vielä takaisin kotiin. En aikonut enää koskaan luovuttaa.

Lapseni aloitti päivähoidon. Ensin hän meni perhepäivähoitoon ja oli siellä kuukauden. Kaikki meni oikein hyvin. Muut lapset pitivät hänestä, hän oli kuin heidän vauvansa. En saanut paljon tietää miten hänellä meni siellä, mutta uskon ja toivon, että hyvin. Ainakin tutustumiskäynnillä perhepäivähoitaja oli todella mukava. Minua harmitti hieman, kun tuli tieto, että päiväkotipaikka sittenkin tuli lapselleni. Minua jännitti se miten hänellä menisi isossa lapsiryhmässä, mutta tiesin senkin, että jos emme olisi nyt laittaneet häntä päiväkotiin niin se olisi kuitenkin ollut myöhemmin edessä, sillä perhepäivähoitaja oli pian jäämässä eläkkeelle.

Menin hakemaan lastani yhdessä vanhempieni kanssa hänen viimeisenä perhepäivähoitopäivänä. Annoimme perhepäivähoitajalle suklaata kiitokseksi. Hän oli häkeltynyt ja sanoi lapseni olevan todella ihana ja sanoi myös, että heille tulisi ikävä häntä. Muut lapset vilkuttivat, kun nostin lapseni syliini ja kannoin sylissä autolle. Minullakin oli haikea olo ja meinasin alkaa itkemään siinä, kun kiitimme perhepäivähoitajaa hyvästä hoidosta. Lapseni oli niin iloinen siinä pihassa leikkiessään ja työntäessään kävelykärryä. Hän ei olisi edes halunnut lähteä vaan meni minua pakoon. Olin mukana sillä menimme suoraan perhepäivähoitopaikasta katsomaan päiväkotipaikkaa. Päiväkotikin vaikutti oikein kivalta paikalta. Siellä oli paljon leluja ja jumppasalikin. Jotenkin näytti vähän koulumaiselta ja sitä jäin miettimään. Sillä huoneessa oli pulpetit rivissä ihan kuin koulussa. Uusi pelottaa niin kuin aina, mutta pelkoni oli kai turha, sillä lapsellani oli mennyt päiväkodissa tosi hyvin. Ensimmäisenä päivänä hän oli nukkunut päikkärit hyvin, leikkinyt muiden lasten kanssa, syönyt hyvin, istunut potalla ja katsellut samalla pientä lelukalaa. Hän ei ollut edes kaivannut isovanhempiaan, vaan jäänyt iloisella mielellä muiden kanssa leikkimään.

Minua harmitti, kun vanhempani eivät melkein koskaan kertoneet minulle lapsestani, hänen päivistään tai mistään. Välillä he kyllä laittoivat minulle kuvia ja kertoivat miten hänellä oli mennyt, mutta ei todellakaan päivittäin. Minä ikävöin lastani päivittäin. Mietin miten hänellä menee, mitä hän touhuaa ja mitä uutta hän on tänään oppinut. En voinut muuta kuin toivoa, että hänellä oli kaikki hyvin.

Vaikka muutimme kihlattuni kanssa lähemmäksi vanhempiani ja lastani tapaamisia ei silti lisätty, vaikka pyysin sitä.

Kysyin siitä, jos lapseni voisi tulla joka toinen viikko käymään kotona minun luonani. Sanoin myös, että tiesin vanhempieni kuuluvan saada siitä matkakorvausta, kun toisivat lastani tapaamaan minua. (Tiesin myös, että minun olisi kuulunut saada matkakorvauksia, kun menin tapaamaan lastani, mutta olin siitä vaan hiljaa.) Lastensuojelun työntekijä lupasi selvitellä asiaa ja ilmoittaa minulle ensi viikolla. No mitään soittoa ei kuulunut, tapaamisia ei siis muutettu, minua ei kuunneltu. Minua olisi pitänyt myös kuunnella sillä kyseessä oli avohuollon sijoitus, jossa pitäisi myös kuunnella vanhemman mielipidettä ja päätökset tehtäisiin silloin aina yhdessä. Minä vain luotin, että soitto olisi tullut, mutta sitä ei vain koskaan kuulunut.

Olin jutellut puhelimessa lapsen isän kanssa. Sain kuulla häneltä mitä mieltä lastensuojelun työntekijät olivat oikeasti mieltä minusta. He olivat väittäneet lapseni isälle, että minä käytän kuulemma huumeita, vaikka se ei todellakaan pitänyt paikkaansa. He olivat myös kuvanneet vointini paljon huonommaksi, kuin mitä se oikeasti oli. Lapsen isä oli empinyt ja miettinyt voisiko se oikeasti pitää paikkaansa ja päätynyt siihen, ettei hän uskoisi heitä. Hän oli antanut lausunnon jossa oli sanonut siihen tyyliin, että jos he katsovat, että minun vointini on sellainen, etten pysty huolehtimaan lapsesta niin sitten paras paikka lapsellemme olisi minun vanhempieni luona. Minulle puolestaan lastensuojelun työntekijät olivat sanoneet lapsen isästä, että tuskin hän haluaa nähdä lastaan ennen kuin vasta aikuisena. Oli kuulemma näin sanonut, että silloin vasta haluaisi nähdä, vaikka hänen mukaansa ei ollut todellakaan sanonut noin vaan hän oli yrittänyt saada niitä työntekijöitä kiinni puhelimella ja sähköpostitse, koska halusi tapaamisia, mutta hänen viesteihin ei oltu vastattu.

Lastensuojelun työntekijät sanoivat myös minulle, että onneksi minä olen vain huoltaja, eikä myös lapsen isä.

Tiedän iha itsekin, etteivät he olisi saaneet sanoa minulle mitään tuollaista ja kerroin ne myös puhelussa lapsen isälle. Hän oli pöyristynyt, eikä voinut uskoa mitä sanoi, mutta kyllä hän kuitenkin uskoi.

He olivat siis tahallaan yrittäneet pitää meidän välejä huonoina, ettemme voisi tehdä yhteistyötä tulevan oikeudenkäynnin takia. Siltä minusta ainakin alkoi tuntua.

Sillä he halusivat voittaa oikeudenkäynnin. He halusivat, etten koskaan saisi lastani takaisin. Mutta he eivät arvaakaan, että minä en helpolla luovuta ja, että tuon esiin kaiken sen vääryyden mitä olen saanut kokea. Enkä säästele, annan kaike tulla, tuli mitä tuli. Sitten voin ainakin sanoa, että olen yrittänyt kaikkeni.

Odotin jo oikeudenkäyntiä, olen odottanut sitä jo 5 kuukautta, mutta siinä voi kuulemma mennä vuosikin. Vuosi peliaikaa on vain mulle parempi, ehdin saada näyttöä siitä, että minulla menee hyvin nyt ja, että pärjäisin lapseni kanssa varmasti.

He eivät vaan usko minua, että pärjäisin. He hokevat vaan menneisyydestäni ja jatkavat avohuollon sijoitusta aina samoilla vanhoilla tiedoilla, mitkä eivät minusta pidä enää paikkaansa.

Heillä ei kuulemma ole näyttöä siitä, että minulla on mennyt hyvin melkein vuoden. En ole ollut itsetuhoinen tai joutunut päivystykseen saatikaan osastolle. Kyllä he sen tietävät, mutta silti väittävät muuta. Voin vaikka heti sen todistaa ja avata Oma Kannan ja näyttää sieltä miten hyvin minulla on mennyt, mutta he eivät voi vaatia sitä sillä ne ovat minun yksityisiä tietojani mitkä eivät sosiaalipuolen ihmisille kuulu. Niin sanoi minun nykyinen terapeuttini.

Hän ihmetteli, kuinka minun tekstejäni on voinut suoraa sellaisenaan mennä sosiaalitoimeen ilman, että psykiatri oli yhtään niitä muttanut.

Minulla lukee Oma Kannassakin, että tiedot jaettu sosiaalitoimeen eli teksti on siis lähtenyt sellaisenaan heille. Niin ei olisi saanut toimia ja he silti toimivat niin. Mikä vääryys.

Jäin miettimään viimeisimmän palaverin jälkeen jatkettiinko avohuollon sijoitusta todellakin, sillä minun ei pitänyt allekirjoittaa mitään. He vaan lupasivat minulle palata asiaan, mutta eivät koskaan palanneet siihen. Minulle jäi epävarma olo.

Tuli perjantai ja oli taas se päivä, kun minun oli määrä mennä tapaamaan lastani. Lähdimme yhdessä kihlattuni kanssa hänen autollaan kohti vanhempieni- ja minun lapsuudenkotia. Odotin jo kovasti lapseni tapaamista. Olihan siitä jo kuitenkin melkein kaksi viikkoa, kun olin hänet viimeksi nähnyt. Heti, kun astuin ovesta sisään niin näin hänet keinumassa vauvakeinussa. Hän katsoi minua ja hymyili. Menin hänen luokseen ja otin hänet syliini. Hän ei olisi millään halunnut lähteä syleilystäni. Sitten hän painoi pääni rintaani vasten ja hengitti rauhallisesti. Siinä me olimme niin kuin äiti ja lapsi. Taas yhtä, yhdessä. Se tuntui liiankin hyvältä. Tunsin kiintymyssuhteen taas vahvistuvan. Se tuntui toisaalta hyvältä, mutta taas toisaalta se satutti minua, sillä tiesin, etten kuitenkaan saisi viettää lapseni kanssa kovinkaan pitkää aikaa vaan vain sen vuorokauden mihin minulle oli annettu lupa.

Halusin käyttää ne 24 tuntia niin hyvin kuin vain mahdollista. Leikin ahkerasti lapseni kanssa ja kuuntelin hänen höpinöitänsä. Hän osasi jo hyvin puhua, jopa jo lauseitakin. Akku tarkoitti autoa. Hän osasi sanoa jopa kengät samalla, kun laittoi niitä jalkaansa. Kaikki puhuivat siitä miten hän oli minun näköiseni tai minun äitini näköinen. Oli kuulemma tullut ihan selkeästi meidän sukuun. Lapsellani oli myös luja tahto. Jos hän jotain halusi niin hänen täytyi saada se tai muuten hän heittäytyi mahalleen lattialle itkemään. Minä en kuitenkaan antanut periksi, kun hän kerran huusi itselleen pullaa. Sanoin vain rauhallisesti, ettei hän saisi sitä. Lopulta lapseni rauhoittui ja jatkoimme muita kivoja leikkejä.

Minusta lapsella piti olla säännöt, enkä esimerkiksi halunnut, että lapseni saisi syödä pienenä karkkia. Onneksi vanhempani olivat sitä päätöstäni kunnioittaneet ja olivat siitä kanssani samaa mieltä.

Kyllä vanhempani minua kuuntelivat. He halusivat, että minäkin saisin vaikuttaa lapseni kasvatukseen. Olihan hän kuitenkin minun lapseni.

No suurimman osan he tietysti itse päättivät, mutta minulta he kysyivät isoihin asioihin mielipidettä, kuten esimerkiksi siihen halusinko lastani päiväkotiin perhepäivähoidon sijasta ja halusinko hänelle annettavan influenssarokotteen.

Molempiin minä vastasin myöntävästi. Olin kiitollinen siitä, että he myös kunnioittivat minunkin mielipiteitäni lapseani koskevissa asioissa.

Katsoin häntä miten hän juoksi parkettilattialla. Hän oli elämää täynnä, se näkyi hänen kasvoiltaan. Siis onni. Hänen oli hyvä olla ja se sai oloni jotenkin niin lohdulliseksi. Tunsin syvää lämpöä, kun katsoin omaa lastani. Onni oli jotain niin suurta. Hän, minun luomukseni. Maailmassa ei ollut mitään sen kauniimpaa asiaa kuin mitä äitiys oli. Siltä minusta tuntui aina, kun katsoin häntä. Minulle ei koskaan tullut hetkeäkään, että olisin katunut äidiksi tulemista. En ikinä voisi ajatella vaihtoehtoa, etten olisi synnyttänyt tuota pientä ihmettä tähän maailmaan ja onneksi sain viettää hänen kanssaan lapsuuden ensi hetket, ne kaikkein tärkeimmät. Ei hän minua unohtaisi, vaikka välillä pelkäsinkin sitä. Pelkäsin kai turhaan.

Onneksi lastensuojelu ei ollut heti vienyt lastani, vaan antoi minulle kuitenkin mahdollisuuden.

Minusta olisi kuitenkin ollut reilua, että minulle olisi paremmin tehty selväksi tilanteiden kulku ja miksi mikäkin johti mihinkäkin asiaan.

En vaan jotenkin aina pystynyt hahmottamaan tilanteita jos niitä ei kerrottu selkokielellä. Minusta tuntui, että minun tietämättömyyttäni käytettiin hyväksi. Esimerkiksi minulle olisi voitu sanoa perhekuntoutukseen mennessäni, että jos epäonnistun niin lapsi sijoitetaan ja vastaavasti myös olisi voitu sanoa itsetuhoisen teon jälkeen se, että jos se toistuu niin lapseni viedään minulta. Niin ei kerrottu ja niin kuin aiemmin totesin niin se ei ollut toistuvaa, vaikka niin olikin väitetty.

Tuntuu kuin itse olisi pitänyt tietää lastensuojelulaki suoraan ulkoa. Olisi kai pitänyt lukea enemmän tietoa ja muiden kokemuksia. Harmittaa, kun en tehnyt niin ja luotin liikaa lastensuojelun työntekijöihin, että he kertoisivat minulle miten asiat oikeasti etenisivät.

Voin vaan todeta, ettei minulla ollut kovin hyvä kuva heistä. Eikä se yhtään tilanteiden edetessä kyllä parantunutkaan.

Se ilta oli yhtä leikkiä, iloa ja naurua. Kunnes isäni kertoi sen, että lastensuojelun työntekijöiden mukaan he olivat kuulemma vastustaneet lastensuojelua. Se asia sai minut menemään ihan rikki. Päätin soittaa lapsen isälle pikaisen puhelun ja kertoa mitä juuri kuulin. Menin ulos soittamaan. Lapseni isä sanoi, että nyt kuulostaa pahasti siltä, että lapsi sijoitetaan johonkin muuhun sijaisperheeseen. Uskoin hänen sanojaan sillä tiesin hänen tietävän paljon enemmän lastensuojelulaista kuin minä, sillä hän oli itse ollut sijoitettuna ja huostaanotettuna melkein koko elämänsä. Hän osasi kuulemma lastensuojelulain lähestulkoon ulkomuistista.

Minä itkin hänelle puhelimessa, etten minä tule äitinä kestämään sitä, että lapseni sijoitettaisiin ihan vieraaseen paikkaan ja perheeseen jossa hän alkaisi kutsua sijaisvanhempiansa äidiksi ja isäksi. *Se olisi minulle kovin paikka, se sattuisi minuun eniten jos lapseni ei enää tietäisi kuka hänen äitinsä oikeasti on.* Päätin lopettaa puhelun ja mennä takaisin sisään. Samalla kuivasin äkkiä kyyneleeni, sillä en halunnut, että lapseni näkisi minun itkevän. En halunnut aiheuttaa hänelle hämmennystä. Jatkoin leikkiä tavallisesti, mutta hieman mietteissäni ja alavireisesti. Sitten vanhempani kysyivät voisivatko he lähteä käymään kävelyllä. Vastasin, että kyllä me pärjäämme, että menkää vaan. Hetkenpäästä he lähtivät ja minä aloin keittää lapselleni iltapuuroa. Samassa sain ajatuksen, että karataan. Se oli ihmeellinen päähänpisto ja tunnekuohuni aiheuttama. En mahtanut sille mitään. Kihlattuni lähti siihen mukaan ja sanoi, että pakkaa äkkiä tavarat. Heitin pussiin vaatteita, vaippoja, tutteja ja tuttipullon. Kiireessä unohdin kaiken muun. Puin lapselleni ulkovaatteet ja sitten lähdettiin.

Meidän piti käydä hakemassa vielä koirani hoidosta ennen kuin pääsimme kunnolla matkaan. Kaikki oli hätiköityä. Minua ei íkinä ollut pelottanut niin paljon kuin nyt. Pidin lapsestani huolta koko matkan. En päästänyt häntä silmistä hetkeksikään. Tie oli mutkainen ja pimeä, välillä oli kyllä katuvalojakin. Onneksi tiellä ei ollut vielä jäätä. Huomasin kihlattuni stressin hänen ajaessaan. Onneksi kuitenkin pääsimme turvallisesti perille. Jätimme auton tarkoituksellisesti kauemmas ja kävelimme loppumatkan. Saavuimme kihlattuni vanhempien pihaan sillä halusin näyttää lapselleni kissoja, joista hän heti innoissaan huusi: "koira". Tein lapselleni iltapesut ja vaihdoin vaipan.

Pidin häntä hyvänä ja huolehdin hänen tarpeistaan niin kuin äidin kuuluikin.

Kihlattuni sisko toi hänelle pehmonallen sillä aikaa, kun minä hain hänelle maitoa. Hän alkoi jo olla väsynyt, siispä otin hänet syliini ja kannoin makuuhuoneeseen. Juotin hänelle maidon ja hän nukahti levollisesti sängylle nalle kainalossaan. Olin niin onnellinen tuosta pienestä ja katsoin häntä hymyillen.

Tiedän, että jos lapseni olisi pelännyt tai konenut muuten tilanteen ja paikan huonoksi niin hän ei olisi nukkunut vaan itkenyt taukoamatta.

Siispä on turha väittää, ettei hänellä olisi ollut kaikki hyvin. Äidin oma rakas, toivoin niin, ettei sinua olisi tultu hakemaan takas.

Toiveeni ei kuitenkaan toteutunut, niin kuin ei melkein koskaan. Vaikka kuinka rukoilin niin se ei auttanut. Vanhempani olivat soittaneet hätäkeskukseen ja poliisit olivat etsintäkuuluttaneet meidät.

Tämä oli yksi kipeä päätös, jonka tein ja jouduin kantamaan tekoni seuraukset. Mutta kaikki mitä minä tein niin tein sinua varten. Vain koska tiesin, että äidin luona sinun olisi parempi.

Sillä lapsen on aina paras oman vanhempansa luona. Se on biologiaa, sitä ei voi kieltää, eikä sitä voi muuttaa.

Mutta myös syy tälle teolle oli se, että lastensuojelun työntekijät olivat tehneet pahan virheen nimittäin avohuollon sijoitusta oli jatkettu ilman minun allekirjoitustani, ilman minun tietämystäni koko asiasta. Olimme kyllä palaveeranneet, mutta asiaan luvattiin vielä palata, vaikka ei koskaan palattukaan.

Sain kuulla sinä yönä sosiaalipäivystäjiltä, että avohuollon sijoitusta oli jatkettu 22.10.2019, enkä minä ollut saanut siitä mitään tietoa.

He eivät olleet informoineet minua ollenkaan. Mikä oli minusta väärin ja epöoikeudenmukaista toimintaa.

Tilanne jatkui siitä, että polisit löysivät ensin auton ja valottelivat sen ikkunoista sisään taskulampulla. Lopulta he kai kyllästyivät siihen ja lähtivät jäljistä päätellen tallustamaan läheiseen leikkipuistoon. He luulivat kai ensin, että olisimme jättäneet lapsen heitteille yksin leikkipuistoon tai, että olimme piiloutuneet ulos, vaikka ulkona oli viileä ilma. Jotenkin he onnistuivat löytämään talon, jossa olimme. He kiersivät taloa ympäri taskulamppujensa kanssa ja valottelivat pihan puskia ja rännejä. Lopulta he alkoivat hakkaamaan ikkunoita ja ovea, että joku heräisi ja tulisi avaamaan oven. Lopulta ovi piti avata ja poliisit väittivät, että heillä oli kotietsintälupa, vaikka heillä ei ollut sitä ovella esittääkään. Myöhemmin paljastukin, ettei heillä olisi ollut mitään lupaa tulla koko asuntoon ollenkaan.

He kiersivät joka huoneen ja valottelivat kaikki pienimmätkin nurkat. Sitten he vain löysivät meidät toisesta makuuhuoneesta. Lapseni nukkui yhä ja poliisi puhui radiopuhelimeen, että täällä on rauhallinen tilanne. Kerroin asiallisesti miksi olin näin toiminut ja poliisi soitti paikalle sosiaalipäivystäjät. Kului aikaa ennen kuin he pääsivät paikanpäälle. Minä siirryin sängylle istumaan lähelle lastani. Sillä halusin olla hänen vierellään, koska se rauhoitti minua.

Sosiaalipäivystys tuli ja aloin keskustelemaan heidän kanssaan. Kerroin heille epäkohdista, joita olin saanut kuulla ja kokea. He sanoivat minulle, että kunta ja sen mukana sosiaalityöntekijät vaihtuisivat alkuviikosta, koska olin muuttanut. Olin siitä innoissani. Ajattelin, että viimein minä saisin uuden mahdollisuuden ja tilaisuuden aloittaa puhtaalta pöydältä. Mutta ei, ei se mennytkään niin... Sillä maanantaina minulle soitti se sama lastensuojelun työntekijä, joka oli ollut matkassa mukana koko ajan. Minua harmitti niin lujaa, olin pettynyt ja vihainenkin. Mietin miksi he valehtelivat minulle? Puhelun jälkeen soitin heti sosiaalipäivystykseen ja kysyin asiaa. Hän ei osannut ottaa siihen kantaa. Hän sanoi vaan, että aamulla oli tullut heille tieto, että se kunta jatkaa mikä oli aloittanutkin. Minua vaan ärsytti. He käänsivät kysymyksen minulle, että miksi näin toimittiin. Vastasin, että ihan mun kiusaksi. Olo oli turhautunut.

Sosiaalipäivystys sanoi minulle, että vanhemmilleni oli soitettu. He olivat tulossa hakemaan lastani. Sain taas vain odottaa. Huoneessa seisoi kaksi poliisia ja kaksi sosiaalipäivystäjää melkein koko tuon ajan.

Odottelu aika tuntui pitkältä ja minua pelotti se, jos poliisi veisi minut seuraavaksi tai, että saisin sakkoja tai joutuisin putkaan. Mitään niistä ei kuitenkaan sattunut. Vanhempani tulivat tai oikeastaan näin vain äitini joka tuli huoneeseen. Samantien hän herätti lapseni ja sanoi hänelle: "Tule, mennään kotiin." Tuo lause särähti korvaani ja kysyin: "Miten niin kotiin?" Johon äitini ei vastannut enää mitään. Hän sanoi, ettei jaksa tässä nyt alkaa riitelemään, mutta ilmaisi sen hyvin suoraa, että olin hänen mielestään tehnyt väärin.

Hänen lähdettyä tyhjyys ja kylmyys valtasi minut. Tunsin kuinka kaikki se lämpö oli vain kaapattu minulta. Minulla ei ollut enää mitään. Kaiki oli mennyt pieleen. Siltä ainakin tuntui, ettei mikään voisi mennä tämän enempää pilalle. Nyt pelkäsin eniten tämän johtavan siihen, että lapseni olisi vaan kauempana minua sillä tavoin, että hänen sijoitus pitenisi entisestään. En ollut ajatellut tuota sinä hetkenä, kun tein mitä tein. Jälkeen päin aloin vasta miettimään enemmän ja syvällisemmin.

Ensin minusta jopa tuntui, ettei mua kaduta. Mutta myöhemmin aloin katumaan ja pelkäämään tulevaa.

Ihan oikeasti pelkäämään kaikkea.

Kun lastensuojelun työntekijä soitti viikonlopun tapahtumien jälkeen maanantaina hän sanoi, että haluaisi tavata minut pikaisesti ja sopia lapseni tapaamisista uudelleen. Päivystävät sosiaalityöntekijät olivat siis tehneet lapsestani kiireellisen sijoituksen päätöksen, joka olisi voimassa maksimissaan 30 vuorokauden ajan. Tapaamiset piti sen vuoksi sopia uudelleen. Sovimme hänen kanssaan puhelimessa, että tulisin vielä samana päivänä sosiaalitoimistolle ja niin minä meninkin.

Minua stressasi tapaaminen ihan hirveästi. Minulla oli sellainen olo, etten välttämättä olisi edes halunnut mennä koko paikkaan, mutta minun oli pakko. Oli pakko vaan kestää se kaikki tuska mikä oli vielä edessä päin.

Astuimme lasiovista sisään. Meillä oli vielä hyvin aikaa istua odotushuoneessa. Ehdin miettiä sanomisiani. Hengittelin syvään, koska minua ahdisti heidän tapaamisensa niin kuin aina. Sitten minut kutsuttiin sisään, mutta kihlattuni ei saanut tulla mukaan, koska ei ollut asianomainen. Se harmitti

minua, että jouduin menemään yksin, kun olo oli jo
muutenkin hankala. Kävelen pitkää käytävää
lastensuojelun työntekijän perässä, se käytävä tuntui
tänään vielä pidemmältä kuin koskaan ennen.
Toisaalta olisin toivonut, etten olisi koskaan ollut
perillä.

Astun huoneen ovesta sisään. Siellä minua
odotti kaksi naista, he olivat lapseni
sosiaalityöntekijät. Katsoin heidän ilmeitään, toinen
heistä näytti surulliselta, huoli paistoi hänen
kasvoiltaan. Toinen heistä meni istumaan koneen
ääreen ja alkoi puhumaan. He kyselivät miksi tein
näin ja kumman idea se oli. Jälkimmäiseen sanoin,
etten halunnut kommentoida. Ensimmäiseen sanoi,
että miksi tein näin syyksi sen, että he olivat
mokanneet. Sitten he kysyivät millä tavalla. Kerroin
siitä, etten ollut mitään allekirjoittanut, johon he

sanoivat, että eihän me oltu sitä sopimusta
purettukaan.

Kaikesta kuulemma puhutaan ja yhdessä
sovitaan. Minusta kyllä tuntui, ettei minulle ollut
kaikesta puhuttu vaan jätetty kertomatta asiota.

Minusta tuntui, että vaikka yhdessä oli
puhuttu niin siltikään minua ei ollut ymmärretty
oikein,

sillä he luulivat minun olleen suostunut
tähän sijoitukseen, vaikken todellakaan ollut siihen
millään lailla halunnut suostua.

Puhuimme varmaan lähemmäs tunnin. Minä
yritin perustella mielipiteitäni. Yritin tulla
ymärretyksi, vaikka tapaamisesta jäi taas tunne, ettei
minua ollut yhtään ymmärretty.

Kaiken tein vain äidin rakkaudesta ja siitä,
etten tiennyt asioita.

Hei eivät ymmärtäneet sitä. He sanoivat,
ettei heidän tehtävä ole rangaista, mutta nyt on niin,
että tapaamiset menevät valvotuiksi ja tuntimäärät
vähenevät. Jos mikä on rangaistus niin juuri tuo,
vaikka he kivenkovaa väittivät, etteivät rankaisisi.
Kyllä minä tiedän, että tämä oli rangaistus ja se, että
kiireellinen sijoitus jatkuisi heidän mukaansa yli 30
vuorokautta ja siihen asti, kunnes oikeus on tehnyt
ratkaisunsa huostaanottoa koskien. Vaikka niin ei
saisi tehdä, sillä kiireellisesti saisi olla vain kuukauden

sijoitettuna niin ne sosiaalipäivystäjätkin silloin olivat todenneet.

Joten anteeksi, kun kysyn, että mitä ihmettä? Tuntuu kuin he keksisivät omia lakeja omasta päästänsä.

Valitin heille siitä, kun minulle ei paljoakaan informoitu siitä missä nyt mentiin ja mitkä olivat tavotteet. He lupasivat, että korjaisivat asian.

Kysyin heiltä onko mun turha jatkaa taistelua enää, kun en kuitenkaan tule saamaan lastani takaisin. Siihen he eivät vastanneet mitään. Vanhemmilleni he olivat puhuneet pitkästä sijoituksesta, joka voi tarkoittaa aikuisuuteen asti jatkuvaa sijoitusta.

Aiemmin he olivat kuitenkin sitä mieltä, että lapseni voisi vielä kotiutua luokseni ja, että siihen tähdätään. Enää he eivät kuitenkaan mainninnut asiasta mitään.

Tiesin mitä se tarkoitti. Tiesin sen ja aloin siinä samassa itkemään. Enkä saanut itkusta loppua. Sain kuulla heiltä vielä poliisin tekemästä lastensuojeluilmoituksesta ja siihen he totesivat, ettei kihlattuni saisi enää tavata lastani. Siihen minä totesin, että voin erota vaikka heti sillä lapseni on minulle tärkeintä maailmassa. Sanoi, että voin heittää sormuksen vaikka heti tuonne nurkkaan ja melkein heitinkin. Ajatuksia kävi mielessä laidasta laitaan, mutta pystyin onneksi hallitsemaan itseni. Lastensuojelun työntekijät kysyivät minulta mitä mieltä oli lastensuojeluilmoituksesta, johon itkien sanoi, etten enää osaa sanoa yhtään mihinkään. En osanut oikeasti sanoa enää mitään mihinkään. Tiesin, että kaikki oli valetta, tehty vaan kiusaksi. Se tuntui pahalta, kun ihmiset leimattiin meneisyytensä takia.

Vaikka ihminen olisi muuttunut, niin silti nähtiin vain se mennyt ihminen, se ketä ei ollut enää olemassakaan. Oliko se oikeudenmukaisuutta?

Eikö ihmisille pitäisi antaa uusi mahdollisuus, varsinkin jos tiedot oliisivat yli 5 vuotta vanhoja. Mielestäni pitäisi, mutta sosiaalityöntekijät katsoivat nyt toisin.

Olimme heidän silmissään nyt pahoja ihmisiä ja minullakaan ei ollut heidän mukaansa vastuuntuntoa.

Mietin miten niin ei? Minähän hoidin koiran ja kissanikin, enkä jättänyt heitäkään heittelle. En tiennyt mihin he perustivat väitteensä, sillä en kysynyt. Halusin vaan pian kotiin.

Kun lähdin siitä ovesta niin toinen sosiaalityöntekijä sanoi minulle, jaksamisia nyt ja tsemppiä. Minua se ei lohduttanut, ei sitten yhtään. Vielä se, kun hän katsoi minua säälivällä ilmeellä niin vain pahensi tilannetta. Sillä tämähän oli heidän mielestään todella kurja tapahtuma.

Palaverin jälkeen minä vain itkin ja itkin. En voinut olla itkemättä. Kaikki oli kaatunut niskaani ja sitä kaikkea oli liikaa. Minun oli niin vaikea kestää heidän sanojaan.

Totesin kihlatullenikin, että sosiaalityöntekijät haluavat, että me erotaan.

Olin kuullut ystävältäni miten sosiaalityöntekijät olivat myös heitä pakottaneet eroamaan. Hänkään ei voinut käsittää sitä. Minäkän en käsittänyt. Eiväthän he voi päättää kenen kanssa joku haluaa olla yhdessä. Ei se heille kuulunut niin, kuin ei kuulunut sekään mitä he kyselivät kihlattuni vanhemmista. Sanojen takana kuulin sen, että he luulivat minun olleen tekemisissä pahojen ihmisten kanssa. Vaikka totuus on se, että kihlattuni vanhemmat ovat ihan tavallisia ihmisiä ja käyvät töissä ja niin edelleen. Ei heidän olisi siistä kuulunut kysellä yhtään mitään. Kotimatkalla painoin pääni kihlattuni olkapäätä vasten ja itkin lähes koko tunnin pituisen matkan.

Tuntuu, että mun maailma oli romahtanut. Mietin oliko minulla enää syytä jäädä tänne? Oli tai ei niin jäätävä minun oli. En voinut lähteä ja kuolla olinhan kuitenkin äiti. Minulla on ystävä, jonka äiti teki itsemurhan. Olen nähnyt kuinka se on häntä satuttanut. En voisi tehdä samaa lapselleni. En voisi antaa hänen kärsiä siitä loppu elämäänsä. En voisi olla niin itsekäs, sillä rakastan häntä liikaa. Ajattelen vain hänen parastaan.

Instagramiin kirjoitin:

"Voiko äitiyden perua? Voiko vaan unohtaa sen? On liian raskasta olla (etä)äiti. On liian raskasta, kun teen vääriä valintoja. On liian raskasta kärsiä niistä. En tiedä mitä mun pitäisi enää tehdä, miten reagoida, miten edes elää. En tiedä mistään mitään. Mitä nyt tapahtuu. En tiedä haluanko nähdä sitä mitä tulee tapahtumaan. En ehkä halua."

Yli vuorten

Yli merien

Minä rakastan sinua

Läpi kallioiden

Läpi pohjamutien

Minä vain rakastan sinua

Luku 5. Ikuisesti rakkaani

Olin murtunut, pelkäsin, etten enää koskaan näkisi sinua. Mietin, jos menisin Joulutorille ja näkisin sinut siellä vahingossa. Mietin, jos hiipisin päiväkotisi aidan taakse, että näkisin sinut sieltä, kun leikkisit pihassa. Minun oli niin ikävä sinua, että tekisin mitä vain edes nähdäkseni sinut. Enkä saanut nähdä sinua, se särki sydämeni.

Vaan sä värität mun maailman

Vaaleanpunaisin sävyin

Ilman sua kaiken kadotan

Oot mun rakkain

Päivät nää kuluivat niin hitaasti, kuin madellen vaan eteenpäin. Olin sulkenut kaikki tunteet pois mielestäni, ettei minua sattuisi niin kovaa. Tiesin, että jos antaisin tunteiden tulla niin itkisin aamusta iltaan. En jaksanut enää itkeä, en halunnut enää tuntea. Minusta tuntui, ettei kukaan ymmärtänyt kuinka rikki mä olin tästä kaikesta tapahtuneesta. Isoäitini kyllä ymmärsi minua. Hän oli yksi niistä ainoista, jotka oikeasti ymmärsivät, eivätkä tuominneet tekoani ja minua ihmisenä. Toisaalta monet taas tuomitsivat ja pitivät minua nyt huonona ihmisenä. Monet sanoivat, etteivät olisi voineet ikinä kuvitella minusta, että tekisin näin kuin tein. Mutta

minä en jaksa välittää heistä. Tämähän on mun
elämä.

Mulle oli alettu soittelemaan odosta
numerosta, en uskaltanut vastata siihen. Mun pitäisi
kai paeta, piiloutua. Sillä en kestä tulevaa. Mua
pelottaa se. Mua pelottaa elää, kun mua tarkkaillaan.
Käydään valottelemassa ikkunan takana. Voi kunpa
tää loppuis ja kaikki vois vaan olla ennallaan.

Olit mun valo pimeydessä. Olit mun
myrskylyhty merellä. Olit mun kynttilä ukkosen
aikaan. Miten sut katoamaan sainkaan? Olit mun ja
mä olin sun. Hetki sitten vielä oli elämä, kunnes ei
enää ollut. Kaikki pirstaloitui sekunneissa. Nyt
tiedän vain sen, että olen hukassa. Ilman sinua
elämäni valo, ilman sinua ei ole minua

Sain kuulla isoäidiltäni, että hän oli puhunut
isäni kanssa. Vanhempani olivat olleet
sosiaalitoimistossa ja olivat olleet kuulemma ihan
poikki sen palaverin jälkeen. Isäni oli sanonut
puhelussa, että helmikuussa päätetään. Päätetään
mitä? Oliko heillä nyt koeaika, jossa katsottiin se
voiko lapseni jäädä heille sijoitukseen vai meneekö
hän toiseen perheeseen. Vai olisiko se vain tavallinen
palaveri, jossa päätettäisiin puretaanko kiireellinen
sijotus takaisin avohuollon sijoitukseksi? En tiennyt,
isoäitinikään ei tiennyt mitä isäni oli sillä
tarkoittanut. Mun vanhemmat olivat varmasti

peloissaan. Kolmen kuukauden kiireelinen sijoitus rikkoo jo lakia... Mutta en voi mitään, eihän mua kuunnella. Soitin asianajajalleni ja hän sanoi, että voisimme tavata ennen joulua. Hän sanoi, että oli lueskellut papereita ja tiesi suurinpiirtein mikä on tilanne. Toivon niin, että hän osaisi auttaa minua. Oikeudenkäynti on varmaan vasta ensi vuoden keväällä. Huomenaamulla terapia. Stressaa mennä ja puhua. Pitäisi pyytää psykiatri aika, että saisi sen lausunnonkin ennen oikeudenkäyntiä.

Koska lastensuojelen työntekijät olivat nyt vedonneet siihen, ettei heillä ollut näyttöä siitä, että minulla menee hyvin.

Piti siis saada jostain virallista näyttöä mun tilanteesta. Paljon asioita pitäisi hoitaa. Isoäitini sanoi mulle, että mä selviän. Mä haluan itsekin uskoa siihen.

Illalla selasin lapseni vanhoja kuvia ja yritin lievittää ikävääni, mutta se sai minut vaa ikävöimään enemmän ja enemmän. Aloin miettimään sitä miksi meidät lopulta erotettiin. Odotin sua torilla, mutta et ollut siellä. Olisin tahtonut nähdä sinut edes

vilaukselta. Sanoa vaan, että äiti on täällä, että olen
yhä olemassa, etten sinua koskaan hylkää.

Rakastan sua vaik maailma ois
mustavalkoinen. Rakastan sua kaikissa väreissä.
RAKASTAN.

Terapia meni ja sain kerrottua tilanteen. Hän
totesi, että on kyllä hankala tilanne. Niin on, niin on.
Tiesin, ettei tämä tullut olemaan helppoa. Hän kysyi
miten olen voinut nyt ja sanoin, että kyllähän
tämmöinen tilanne kehen tahansa vaikuttaisi. Olin
siis ahdistunut ja välillä oli hetkiä, kun en meinannut
jaksaa nousta edes sängystä. Mutta lopulta nousin,
koska tiesin sen, ettei nyt ollut oikea hetki antaa
periksi. Nousin sängystä ja aloin siivota, kirjoittaa, tai
kuunnella musiikkia. Välillä virkkasin ja tein
palapelejä. Jaksoin käydä myös koulussa, pidin sitä
yhtenä voimavarana. Jaksoin uskoa vielä siihen, että
kyllä tämä tästä vielä järjestyy. Välillä uskoin siihen
enemmän ja välillä vähemmän. Mutta uskoin, sehän
oli tärkeintä.

Terapeutin kasvoilta näki huolen, vaikka
vakuuttelin pärjääväni. Ehkä hän oli myös hieman
järkyttynyt. Käynti meni ihan hyvin, olen voinut
uskoutua hänelle. Onneksi nykyisin olin hyvä
puhumaan mieltäni painavista asioista. Ennen
pystyin nimittäin vain kirjottamaan ne ja antamaan
paperin jonkun luettavaksi. Silti kirjoittaminen oli

minulle vieläkin se tärkein ja myös asia joka minua
auttoi. Se auttoi ymmärtämään tunteitani ja
jäsentelemään ajatuksiani. Sain niistä paremmin
kiinni, siis siitä mitä ajattelin kaikkien niiden
tunteiden takana.

Minusta tuntui, että tämä kaikki oli nyt vain
pakoilua. Pakenin todellisuutta ja tunteitani. Yritin
olla tuntematta mitään, ettei minuun sattuisi niin
paljoa. Päivä päivältä vain kaipasin lastani enemmän.
Itkin aina, kun näin hänen kuvan. Itkin jo pelkästään
ajatellessani häntä. Sisimmässäni oli se suuri pelko,
etten pian enää näkisi lastani. Pelkäsin hänen
sijoittamistaán vieraaseen perheeseen tai laitokseen
mahdollisimman kauas minusta. Pelkäsin myös, että
minulta vietäisiin kokonaan tapaamisoikeudet tai
vähennettäisiin niitä niin paljon, että lapseni
varmasti vieraantuisi näin pahasta äidistä, kun minä
lastensuojelun silmissä olin.

*Ja, että lopulta he saisivat vedota siihen,
ettei lastani voisi kotiuttaa luokseni sen vuoksi, että
hän olisi ollut liian kauan sijoituksessa, eikä näin
muistaisi minua enää.*

Tällaistakin minä olin kuullut syyksi
laitettavan, vaikka kyseisellä ihmisellä oli mennyt jo
pitkään tasaisesti.

Joka päivä kannoin kaulassani korua, jossa on
lapseni kuva. Yksi viimeisimmistä kuvista, joita olin
hänestä ottanut. Lisäksi puin päälleni paidan, jossa
oli myös hänen kuvansa. Hammaslääkärissäkin

hoitaja kysyi onko paidassa lapseni kuva ja minä totesin ylpeänä, että kyllä on. Olin ylpeä äiti sen myönnän, enkä minä ollut paha ihminen. Nyt en voinut muuta kuin odottaa oikeudenkäyntiä. Odottaa lastensuojelun työntekijöiden soittoa. Ja odottaa sitä milloin saisin nähdä viimein rakkaimpani. En voi sanoa enää muuta kuin, että odotan. Odotan vain sinua. Vaikka ikuisuuden, jos se sitä vaatii.

Jotain kaunista

Jotain kestävää ja haurasta

Oot parasta

Liian rakasta

Äitin pieni mussukka

Rakastan sinua

Ikuisesti ja sen yli.

Kustantaja: BoD – Books on Demand, Helsinki Suomi

Valmistaja: BoD - Books on Demand, Norderstedt, Saksa

ISBN: 9789528019893